FRANÇOIS MOREL

Après des études littéraires et un passage à l'école de la rue Blanche, François Morel entame une brillante carrière de comédien au cinéma, au théâtre et à la télévision, récemment dans la série phénomène *Baron Noir.* En 2019, il remporte le Molière du Comédien dans un spectacle de Théâtre public pour son rôle dans *J'ai des doutes*. En plus de son activité de comédien, François Morel est également metteur en scène et chanteur.
Depuis 2009, il assure une chronique sur France Inter tous les vendredis matin dans le 7-9 présenté par Nicolas Demorand, « Le Billet de François Morel ». *Je n'ai encore rien dit* (2019 ; Pocket, 2020) est le cinquième volume de ces chroniques, après *L'Air de rien* (2011 ; Pocket, 2013), *Je veux être futile à la France* (2013 ; Pocket, 2014), *Je rigolerais qu'il pleuve* (2015 ; Pocket, 2017) et *Jamais la même chose* (2017 ; Pocket, 2018), tous parus chez Denoël.

Retrouvez François Morel sur son site :
francoismorel.com

JE N'AI ENCORE RIEN DIT

DU MÊME AUTEUR

CHEZ POCKET

L'AIR DE RIEN

JE VEUX ÊTRE FUTILE À LA FRANCE

JE RIGOLERAIS QU'IL PLEUVE

JAMAIS LA MÊME CHOSE

JE N'AI ENCORE RIEN DIT

FRANÇOIS MOREL

JE N'AI ENCORE RIEN DIT

Chroniques 2017-2019

Illustrations de François Boucq

Édition augmentée de 8 chroniques inédites

DENOËL/France Inter

MIXTE
Papier issu de
sources responsables
FSC® C003309

Pocket, une marque d'Univers Poche,
est un éditeur qui s'engage pour la préservation
de l'environnement et qui utilise du papier fabriqué
à partir de bois provenant de forêts gérées
de manière responsable.

ISBN : 978-2-266-31289-9
Dépôt légal : septembre 2020

À Antoine Sahler,
ami, chanteur, musicien,
auteur de chansons.

« Elle a regardé au-dehors
T'as de la chance de vivre ici
Vraiment ton quartier je l'adore
Et moi je n'ai encore rien dit. »

Chroniques 2017-2018

Des nouvelles du Pays des Tartelettes à la Merde

1er septembre 2017

Il était une fois une région du monde où les hommes n'étaient pas heureux. Ils étaient perdus, inquiets, perplexes. Surtout, ils ne savaient plus quoi manger. Les pesticides, les fongicides, les dioxines envahissaient tout, empoisonnaient tout, intoxiquaient tout. L'œuf était contaminé. La vache était folle, le poulet grippé. Des chevaux de laboratoire étaient servis dans des barquettes. Le géant de l'ameublement Ikea avait même un jour singulièrement vendu des tartelettes à la merde. Depuis ce jour, cette région du monde avait été rebaptisée le Pays des Tartelettes à la Merde.

Le Pays des Tartelettes à la Merde était cependant considéré comme un eldorado, un pays fabuleux gorgé de richesses et de plaisirs, par d'autres hommes qui trouvaient dérisoire la folie de la vache, insignifiante la grippe du poulet, négligeable l'infection de l'œuf. Ces hommes qui, depuis toujours, bouffaient de la vache enragée se moquaient bien de savoir si la vache, au début de sa carrière, avait pu être truie, cheval ou viscache des plaines, le principal étant qu'elle soit nourrissante. Habitués depuis leur naissance à manger de la merde, la perspective de déguster une pâte brisée agrémentée de matières fécales en déambulant parmi des allées bordées de meubles en bois, de dressings, de parasols et de luminaires leur semblait douce, exquise, une sorte d'idéal de bonheur.

Pour atteindre le Pays des Tartelettes à la Merde, ces hommes, qu'on appelait des migrants, devaient d'abord subir toutes sortes de violences diverses : torture, rançon, esclavagisme. Seulement après, ils pouvaient espérer prendre une embarcation de misère qui souvent échouait dans l'eau. Ces migrants, souvent, se noyaient.

Certains habitants du Pays des Tartelettes à la Merde voulant venir en aide à ces hommes démunis accueillirent ces malheureux, lancèrent sur les mers des bateaux humanitaires, mais d'autres habitants affrétèrent d'autres bateaux, anti-humanitaires ceux-là, afin d'empêcher toute action généreuse et d'interdire aux migrants de venir manger nos tartes à la merde.

C'est alors qu'un homme de génie eut une idée de conciliation. « Enfin, s'exclama-t-il, puisque ces migrants nous arrivent comme sur un plateau, pourquoi ne pas les manger ? Je comprends bien qu'on ne puisse pas accueillir toute la misère du monde, mais on pourrait la déguster, la savourer, la boulotter ! Si on ne veut pas recevoir ces migrants autour de notre table, au moins pouvons-nous les recueillir dans nos assiettes. Perdu pour perdu, le migrant, plutôt que d'améliorer l'ordinaire des murènes et des merlus, pourrait très bien combattre sur terre les différentes carences alimentaires et mettre fin à la malnutrition. Il apporterait une grande valeur nutritionnelle, une source importante de fer, de vitamines du groupe B, notamment la vitamine B12. De plus, généralement, on sait d'où vient le migrant, on connaît sa provenance. On diminue ainsi le risque de connaître un jour un nouveau scandale alimentaire… »

À ce jour, l'idée n'a pas réussi à convaincre totalement les populations. Bien sûr, on s'est habitué à noyer son prochain, pas encore à le manger.

Par ailleurs, certains discutent du bien-fondé d'une mesure qui risquerait de bouleverser les différents équilibres alimentaires, même si l'on sait que déjà, des géants de l'agroalimentaire, à la pointe de la sécurité sanitaire, lanceraient des recherches afin de pouvoir rentabiliser au mieux la chair de migrants.

Pour le moment, l'idée reste à l'étude.

Les enfants s'ennuient le dimanche

8 septembre 2017

Les enfants s'ennuient le dimanche.

Le dimanche les enfants s'ennuient.

Mais aussi parfois le lundi, le mardi, le mercredi, le jeudi, le vendredi, le samedi, des enfants s'ennuient.

Des enfants s'ennuient tout le temps, tous les jours de la semaine, du mois, de l'année, de l'enfance.

Un enfant, c'est fait pour jouer, pour courir, pour crier, pour pleurer, pour se battre, pour chanter, pour siffler, pour faire des ronds dans l'eau, pour construire des châteaux de sable, pour lire, pour dessiner, pour faire des coloriages, pour rêver…

Un enfant, c'est fait pour faire des expériences, tirer la queue du chat, cacher le dentier de sa grand-mère, jouer avec des allumettes, repeindre le salon avec des peintures acryliques.

Un enfant, c'est fait pour faire enrager les parents ou les attendrir.

Un enfant, c'est fait pour faire des bêtises.

Un enfant, c'est fait pour grandir.

Mais un enfant est-il fait pour passer la journée sur une couverture posée sur le trottoir et tendre la main aux passants qui jour après jour s'habituent à croiser l'insupportable, l'intolérable, le scandaleux ?

La Déclaration des droits de l'enfant, dite déclaration de Genève, en 1924, reconnaît que l'humanité doit donner à l'enfant ce qu'elle a de meilleur.

La Déclaration universelle des droits de l'homme, en 1948, indique que l'enfant doit être protégé en dehors de toute considération de race, de nationalité et de croyance.

La Convention internationale des droits de l'enfant, en 1989, évoque l'intérêt supérieur de l'enfant.

La convention de Genève de 1999 s'oppose au travail des enfants.

Des lois, des textes, des déclarations, des décrets, des conventions, des chartes, des prescriptions, des règles, des réglementations, des codes, des décisions, mais toujours des enfants allongés pendant des journées entières sur des couvertures posées sur le trottoir et qui tendent la main à des hommes, à des femmes, qui finissent par décider de ne plus voir l'abominable, l'ignoble. Le déshonneur.

Pourquoi les enfants de Roms seraient-ils des sous-enfants ? Pourquoi n'auraient-ils pas les mêmes droits que les autres ? Pourquoi leurs droits ne sont-ils pas respectés ?

Le 19 novembre est la Journée internationale des toilettes.

Le 21 novembre est la Journée internationale de la télévision.

Le 20 novembre, coincée entre les latrines et la télé, existe une Journée internationale des droits de l'enfant, mais qui sert à quoi ? Si des enfants allongés sur des couvertures continuent d'occuper des trottoirs sur lesquels passent des passants qui finissent par ne plus voir des enfants, des êtres humains, et finissent par admettre l'inadmissible.

Heureux enfants qui ne s'ennuient que le dimanche.

Longtemps
BOUCQ

Longtemps je me suis couché

15 septembre 2017

Aujourd'hui, une chronique de vieux con, une chronique frontalement réactionnaire, littéraire et proustienne.

On connaît tous l'incipit « Longtemps, je me suis couché de bonne heure » du regretté et jamais remplacé Marcel Proust. Si aujourd'hui on veut sensibiliser la population à la littérature, il s'agit de moderniser la phrase afin de la remettre au goût du jour.

« Longtemps, je me suis couché de bonne heure » pourrait donc devenir dans un premier temps : « Longtemps, du coup, je me suis couché de bonne heure », phrase à laquelle il pourrait manquer un adverbe, certes dispensable mais très utilisé de nos jours : « Longtemps, du coup, je me suis couché trop de bonne heure », phrase que l'on peut faire évoluer facilement en : « Longtemps, genre, je me suis couché trop de bonne heure, du coup », puis en : « Longtemps, du coup, je me suis couché en mode trop de bonne heure, genre » afin de permettre à la phrase littéraire de s'immiscer dans un environnement plus actuel.

Il n'est pas inutile non plus de s'inspirer de Maître Gims et d'ajouter une locution qui peut sembler superflue mais qui permet encore une fois d'enraciner le propos dans une contemporanéité de bon aloi : « Longtemps, à la base, je me suis couché, du coup, genre, en mode trop de bonne heure. »

Afin de souligner le temps passé et le fait que l'événement cité se situe dans un passé forcément révolu qui n'a, finalement, que peu de chose à voir avec le présent, on peut très bien ajouter une nuance ironique : « Longtemps, à la base, mdr, je me suis couché du coup en mode trop de bonne heure, genre. »

Il ne faut pas en rester là.

L'idée du sommeil, de l'endormissement signifie immédiatement que le petit Marcel a décidé de se situer en dehors de la civilisation de l'image et des écrans et qu'au moment de se coucher, il a débranché son ordi et son smartphone, signifiant ainsi à tous ses followers qu'il ne serait pas connecté dans les heures qui viennent, qu'il ne serait plus à même de tweeter, de chatter, d'envoyer des snapchats, qu'il serait AFK, « *away from keyboard* ». « Longtemps, genre, à la base, du coup, mdr, je me suis couché away from keyboard en mode trop de bonne heure. »

Pourquoi ne pas en profiter pour exprimer le plaisir de l'endormissement : « Longtemps, à la base, mdr, genre, je me suis couché du coup away from keyboard, à la bien, en mode trop de bonne heure » ?

Il s'agirait également pour le narrateur d'entrer dans le vif du sujet et d'apostropher son interlocuteur, en l'occurrence son lecteur, par une approche directe, afin de saisir immédiatement son attention dans le cadre d'une interpellation directe.

« Wesh ma gueule, longtemps, genre à la base, mdr, je me suis couché du coup, away from keyboard, à la bien, en mode trop de bonne heure. »

Réjouissons-nous, en cette rentrée littéraire, la littérature décidément n'est pas morte…

« Parfois, à peine ma bougie éteinte, mes yeux se fermaient si vite que je n'avais pas le temps de me dire : je m'endors. Et, une demi-heure après, la pensée qu'il était temps de chercher le sommeil m'éveillait. Hashtag covfefe[1]. »

1. Référence à la faute de frappe dans un tweet du président américain Donald Trump, datant du 31 mai 2017, qui a suscité l'hilarité générale : *« Despite the constant negative press covfefe. »*

Vive la pub au théâtre

22 septembre 2017

Parmi les nouveautés de la rentrée, j'ai noté avec satisfaction cette année l'apparition de la publicité dans dix-sept théâtres privés parisiens. C'est Mlle Rossigneux, Brigitte de son prénom, et de Paris, qui attire mon attention sur cette nouveauté qui naturellement la réjouit et m'enthousiasme également. Il va bien sûr se trouver des bobos – on me signale que certains auditeurs de France Inter fanatiques des éditoriaux orientés de M. Thomas Legrand entreraient dans cette catégorie – pour critiquer l'arrivée de la réclame chez Molière. Laissons-les dans leur autoconfort élitaire et passéiste et préférons vivre avec notre temps…

La publicité au théâtre, pourquoi pas ?

Pourquoi la publicité, déjà présente dans nos rues, nos écrans, nos radios, nos couloirs de métro, nos cinémas, quelquefois nos ciels bleus, ne pourrait-elle pas faire son entrée au théâtre ? Mesdames et messieurs du théâtre, vous croyez-vous donc si supérieurs au reste de l'humanité ? Il ne s'agit pas bien sûr de faire n'importe quoi. Il faut trouver une adéquation entre les produits et les œuvres théâtrales.

Vous présentez *La Cerisaie* de Tchekhov, profitez-en pour mettre en avant les produits de la marque Bonne Maman qui propose à 2,52 euros chez Monoprix le pot de confiture griottes de 370 grammes.

Les Méfaits du tabac du même Tchekhov est à l'affiche. Demandez à Philip Morris de faire le spot. Ou, si vous préférez, à la Ligue contre le cancer.

Vous programmez *La Ménagerie de verre* de Tennessee Williams, très bien ! Dans ce cas-là, il ne sera pas du tout déplacé d'entendre en préambule : « Carglass répare, Carglass remplace ! » D'autant qu'en localisant, parmi plus de quatre cents centres Carglass pour rapidement intervenir sur les bris de glace, le centre le plus proche du théâtre, Carglass pourra très bien intervenir afin d'assurer la réparation ou le remplacement d'un pare-brise, d'une glace latérale et d'une lunette arrière, tandis que le spectateur arrivé juste avant les trois coups et peu après un accrochage sur le périphérique, dans la panique et la contrariété la plus vive, pourra tranquillement assister aux atermoiements divers d'une famille encore plus neurasthénique et exaspérée que la sienne.

La publicité pourrait même donner un éclairage nouveau au texte théâtral en injectant des publicités au milieu des répliques.

Molière, *Le Malade imaginaire* :

« Vous avez appétit à ce que vous mangez ?

— Oui, monsieur.

— Le poumon. Vous aimez à boire un peu de vin ?

— Oui, monsieur.

— Le poumon. Il vous prend un petit sommeil après le repas, et vous êtes bien aise de dormir ?

— Oui, monsieur.

— Le poumon, le poumon, vous dis-je.

Pour vos radiothérapies, n'hésitez plus ! Faites confiance à Siemens, Siemens, le roi de l'imagerie médicale ! »

Racine, *Le Songe d'Athalie* :
« Et moi je lui tendais les mains pour l'embrasser,
Mais je n'ai plus trouvé qu'un horrible mélange
D'os et de chairs meurtris et traînés dans la fange,
Des lambeaux pleins de sang, et des membres affreux
Que des chiens dévorants se disputaient entre eux.
Steak haché Bigard, le meilleur du bœuf ! »

Théâtres municipaux, nationaux, prenez-en de la graine ! Plutôt que de vous plaindre continûment de la baisse de vos subventions, faites preuve d'un peu d'esprit de débrouillardise et d'imagination en appelant à la rescousse la publicité, ne vous en déplaise, monsieur Legrand !

Plastique ou céramique ?

29 septembre 2017

Plastique ou céramique ? Le débat enflamme Bordeaux depuis la semaine dernière. Grève, réunions, discussions et situation bloquée[1].

Bordeaux est aujourd'hui une ville assiégée, une ville à feu et à sang. Plasticiens et céramistes se livrent un combat sans merci. Les uns ont leur réseau, les autres leur plan d'attaque. Personne ne veut perdre la face, personne ne veut plier. Dans la ville mortifiée, on ne sait plus comment crever l'abcès. Le malaise est à son comble. Bordeaux est à l'arrêt. La Garonne est perplexe.

Rappel des faits. Le personnel des cantines scolaires avait obtenu que la vaisselle en céramique, trop lourde, trop bruyante, soit remplacée par une vaisselle en plastique, légère et silencieuse. Mais les parents d'élèves

1. La Mairie de Bordeaux a mis en place, en janvier 2017, le remplacement dans les cantines des assiettes en céramique par des assiettes en plastique. Le dispositif a été annulé en septembre 2017.

et membres du collectif « Cantine sans plastique » ont réussi à convaincre le maire de Bordeaux de revenir à la vaisselle en céramique.

Céramique ou plastique ? Plastique ou céramique ?

Aristote nous a appris que de deux maux il faut choisir le moindre, mais quel est le moindre mal : les perturbateurs endocriniens contenus dans ce plastique qu'on retrouvera peut-être un jour dans le vortex de déchets du Pacifique nord, ou les tendinites et les maux de crâne occasionnés par la céramique chez les membres du personnel des cantines scolaires de la ville de Bordeaux ?

Dans son bureau, Alain Juppé, recroquevillé dans sa mairie, ne sait plus comment réagir. Il tourne en rond. Il tergiverse. Il s'interroge. Cela sera-t-il sa dernière bataille ? Cela sera-t-il son dernier combat, son baroud d'honneur ?

Tristesse et désolation. Lui, le vieux général, sobre et austère, rigide et sévère, qui se rêvait il y a moins d'un an dirigeant la France, en est réduit à gérer l'intendance des cantines scolaires.

Si une solution est envisageable, elle ne peut venir que d'en haut.

Monsieur Macron, je vous le dis tout net, il faut sauver le soldat Juppé.

Si le macronisme, monsieur le président, n'est pas un épiphénomène de mode, s'il n'est pas, comme le sous-entendent ses détracteurs, une ligne de cosmétiques pour rafistoler à bas prix la vieille gueule avachie et ridée de la politique française, s'il est une véritable force de proposition, une manière inédite d'envisager la gouvernance, alors, c'est l'occasion ou jamais de le montrer.

Monsieur le président, vous seul pouvez définir ce que devra être désormais la vaisselle des cantines scolaires de Bordeaux, car la vaisselle des cantines scolaires de Bordeaux devra être en même temps légère et silencieuse, en même temps digne et fonctionnelle, en même temps non polluante et facilement maniable.

La solution devra par ailleurs être économiquement viable. Il ne s'agira pas de mettre à la casse une vaisselle qui est encore utilisable. Les Bordelais non concernés par les cantines scolaires ne comprendraient certainement pas qu'on fasse des dépenses inconsidérées au moment où chacun est invité à faire des économies. Monsieur le président, si vous trouvez la solution, je vous prédis une remontée spectaculaire dans les sondages.

Anniversaire surprise

6 octobre 2017

Je suis naturellement obligé de suivre l'actualité de façon très précise en tant que chroniqueur. Que dirait-on si je ne m'acharnais pas semaine après semaine avec acuité à saisir l'air du temps, à peindre mon époque, à capter les tendances ?

Par exemple, aujourd'hui vendredi, j'ai fait la constatation inattaquable et vérifiable que c'était l'anniversaire d'un certain nombre de Monique, de Jean-Pierre, de Vanessa et même de pas mal de Madeleine, sans compter les Gunther. Je n'invente rien (les intéressés peuvent se signaler) : un certain nombre de Monique, Jean-Pierre, Vanessa, Madeleine et même de Gunther, auditeurs de France Inter, prennent un an de plus, aujourd'hui même. Qui serais-je si à l'occasion je n'en profitais pas pour leur donner quelques idées de réaction ce soir quand chacune de ces personnes devra réagir à l'épreuve de l'anniversaire surprise ?

En effet, comme l'année dernière, comme il y a deux ans et comme toutes les années précédentes, votre compagne, votre compagnon vous a quitté ce matin d'une bise négligente pour vaquer à ses occupations en vous promettant une soirée tranquille, en amoureux.

Mais ce soir, vous savez que lorsque vous débarquerez à la maison, Samuel, Henri, Marion dite « la Petite », Thérèse, Michel, Marion dite « la Grande », sans compter tata Sophie, tonton Roger, Jean-Michel dit Jean-Mimi, Heinrich, débarqueront de derrière les tentures, le canapé, la cuisine, les cabinets pour s'écrier tous en chœur : « Bon anniversaire, Monique, Jean-Pierre, Vanessa, Madeleine, Gunther ! » Dans ces cas-là, Monique, Jean-Pierre, Vanessa, Madeleine, Gunther, je conseille de dire le plus spontanément possible : « Oh vous êtes cons, vous m'avez fait peur, si je m'attendais… Oh là là, j'ai envie de pleurer, oh là là, vous êtes cons. »

Je vous propose de noter la formule, elle est sans fioritures mais elle est utile, imparable, elle n'est pas spécialement littéraire mais elle dénonce votre belle sensibilité, votre joyeuse simplicité, votre totale fraîcheur d'esprit : « Oh, vous êtes cons, vous m'avez fait peur, si je m'attendais, oh là là, j'ai envie de pleurer, oh là là, vous êtes cons. »

Une larme un peu émue serait bienvenue afin de marquer agréablement la stupéfaction, la confusion des sentiments, l'émotion.

Pendant toute cette journée qui précède le fameux anniversaire surprise, n'hésitez pas à réfléchir à quelques sujets de conversation rassembleurs afin d'agrémenter la soirée qui réunit des connaissances qui ne se connaissent pas forcément entre elles. Pensez à la douceur de la Toscane au printemps, la beauté éternelle de Danielle Darrieux, le répertoire méconnu de Marcel Amont, l'étude comparative de la filmographie de Hirokazu Kore-eda et de Dany Boon. Évitez les sujets qui fâchent : Macron, Michel Onfray, Alain Finkielkraut, Michel Houellebecq, les hémorroïdes.

Si jamais un ange venait à traverser votre salon, menaçant de s'installer, préparez une anecdote amusante. J'en ai une, elle vaut ce qu'elle vaut : « Tiens, ce matin vous ne devinerez jamais qui j'ai vu devant le pressing… Bernard Mabille ! »

Ce n'est évidemment pas suffisant pour occuper toute la soirée. Tentez de trouver des prolongements, des rebondissements, des coups de théâtre divers : « Oui, Bernard Mabille en personne ! Dis donc, il a pas maigri », « Dis donc, il a pas l'air fier, il mangeait des chips », « Dis donc, figure-toi qu'il portait des Paraboot ». « Au fait donc, quel âge qu'il peut avoir, Bernard Mabille ? Bouge pas, je vais regarder sur Wikipédia. »

Profitez bien de mes conseils pour passer sans surprise un bon anniversaire surprise.

Et mes félicitations, Monique, Jean-Pierre, Vanessa, Madeleine, Gunther.

Sincèrement, vous ne les faites pas.

Rochefort en l'air

13 octobre 2017

Jean Rochefort est mort et je m'y oppose de la façon la plus catégorique.

Je m'inscris en faux, je conteste, je refuse, je m'interpose, je suis prêt à signer toutes les pétitions possibles, à manifester, à défiler dans la rue, à lever des pancartes, à dresser des calicots, à adresser à qui de droit les protestations les plus virulentes, les plus rageuses. Je suis contre la mort de Jean Rochefort. Je l'affirme, je l'atteste, je le certifie, je le déclare, je le soutiens : Jean Rochefort et la mort n'ont rien à faire ensemble.

Si, selon certains, c'est le bon Dieu lui-même qui aurait pris cette décision unilatérale et sans aucuns pourparlers préalables, force est de constater qu'une fois de plus, la base n'a pas été consultée. En ce qui me concerne, je l'affirme haut et fort : l'alliance de la mort et de Jean Rochefort est une démarche particulièrement funeste, stupide, contre-productive.

Jean Rochefort est drôle, spontané, généreux, la mort est triste, déloyale, égoïste.

La mort est cruelle, Jean Rochefort est malicieux.

La mort est commune, Jean Rochefort est élégant.

La mort endeuille, Jean Rochefort réjouit.

La mort frappe, Jean Rochefort caresse, de sa voix veloutée et rieuse et moqueuse et ironique et finalement bienveillante.

La mort rôde. Jean Rochefort flâne.

La mort est une grande poseuse pompeuse et pontifiante qui ne sied pas à Jean Rochefort. Jean est auguste, grandiose, magistral tant que vous voulez, volontiers lyrique, emphatique quelquefois, solennel jamais. La communion, la déclaration, le jugement, la connerie peuvent être solennels, Jean Rochefort en aucun cas.

Il y a quelques années, j'avais demandé à Jean de prêter sa voix à un spectacle théâtral que je jouais. « Prêter » était le terme exact puisque, quand il m'avait reçu, je lui avais apporté une boîte de chocolats. « Je suppose que c'est mon cachet », avait émis Rochefort, impérial et fine mouche. Plusieurs semaines avant l'enregistrement, je l'avais appelé pour prendre date, il m'avait dit : « Vous viendrez déjeuner, il y aura du jambon et de la salade. » Plusieurs semaines après, je vins pour l'enregistrement, nous déjeunâmes. Il y avait du jambon et de la salade. La mort est imprévisible. Jean est tellement inattendu qu'il peut être prévisible au-delà du raisonnable.

Un jour de tournage en Normandie, tandis que la pluie tombait et que nous nous étions réfugiés sous une tente, en compagnie de Julien Rochefort, comédien et ornithologue, et imitateur hors pair de chants d'oiseaux, nous avions passé tout le temps entre les prises à chanter des chansons. Ce fut un bel après-midi qui n'avait pas besoin d'être ensoleillé pour être joyeux, un joli après-midi d'automne avec des éclats de rire comme s'il en pleuvait.

Je le dis, je le répète : Jean Rochefort et la mort n'ont rien à faire ensemble. Vous imagineriez la mort avec un pantalon vert et des chaussures rouges ?

Jean, rassurez-moi : il n'est jamais trop tard pour vous dire qu'on vous aime ?

La vache pète

20 octobre 2017

Des scientifiques américains se sont récemment penchés sur le cul des vaches. Cette étude a donné lieu à une révélation qui a fait l'effet d'un coup de tonnerre.

La vache pète. La vache pète vachement. La vache pète à qui mieux mieux. La vache pète à ne plus savoir que faire. La vache pète plus que de raison.

La vache pète comme une vache.

Comme une vache qui pète. Et la vache en pétant troue la couche d'ozone. Car la vache pète comme une raffinerie, comme une usine à gaz, comme une fabrique à pets. La vache pète profusément. La vache pète infiniment. La vache pète à en perdre la tête.

La vache exagère.

Les émissions de méthane issues de l'élevage animal sont en partie responsables du réchauffement climatique.

La vache pète avec assiduité. La vache pète de plus en plus. La vache pète plus qu'elle ne pétait jadis.

La faute à qui ? La faute au pauvre.

Comme souvent, le pauvre n'est pas raisonnable.

Le pauvre des pays émergents, celui qui hier mangeait uniquement du riz, s'est mis en tête de manger de la vache. L'inconscient, le capricieux, l'irresponsable ! Le pauvre se met à table et commande de la vache. De la vache qui pète, s'il vous plaît ! De la vache qui pète à foison, qui pète à gogo, qui pète abondamment. C'est pour consommer sur place !

Salaud de pauvre.

Car la vache a grossi, la vache a gonflé, elle s'est multipliée, la vache !

Jadis, le pauvre était innocent, il était pur, naturel, il était naturellement végane. Sans avoir jamais entendu parler de Jean-Baptiste Del Amo, sans se soucier de la condition animale, le pauvre se nourrissait essentiellement de riz ou du fourbe haricot rouge qui sans doute ne pétait pas lui-même mais faisait péter.

Le riche, qui s'est bâfré de vache pendant des centaines d'années, vient de réaliser qu'il était temps d'arrêter d'en manger pour se mettre au quinoa.

Merveille de riche !

Le riche est conséquent, le riche est rationnel, il est cohérent.

Depuis, le riche importe du quinoa de Bolivie et du Pérou et explique au pauvre qu'il serait temps d'arrêter de manger de la vache.

Le pauvre de Bolivie et du Pérou, qui lui réalise que le prix du quinoa a augmenté depuis qu'il est devenu quasiment un produit de luxe, se rabat sur la vache et il en est assez content vu qu'il n'en avait jamais trop mangé, de la vache.

De la vache qui pète. Qui pète à bride abattue. Qui pète à tombeau ouvert.

La vache, allongée dans son pré, inconsciente et sans remords, sans vergogne, pète joyeusement, machinalement, dans une belle énergie et l'ignorance de son agissement criminel.

Personnellement, si j'étais une vache, je péterais tout le temps.

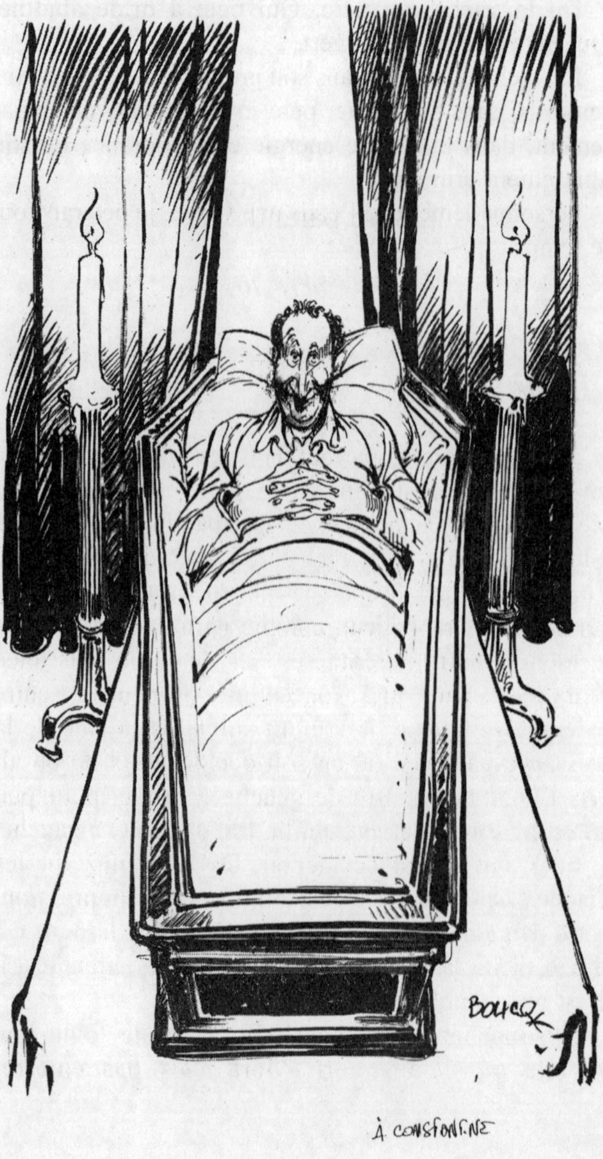
BOUCQ
À CONSTANTINE

Entre parenthèses

27 octobre 2017

À Constantine, et partout dans les villes en Algérie, mais je dis à Constantine parce que c'est là-bas que je me promenais récemment, et entre parenthèses, comme tout le monde j'aime bien me vanter de voyager, à Constantine donc, les plaques des rues qui honorent les personnalités rappellent, comme partout ailleurs dans le monde, entre parenthèses, les dates de naissance et de mort. Sauf qu'à Constantine, on peut lire entre parenthèses la date de la mort suivie de la date de la naissance pour peu qu'on soit occidental et qu'on ait pris l'habitude de lire de gauche à droite, pour peu qu'on ne soit pas arabe, qui lit, lui, de droite à gauche.

Et quand on est occidental, levant le nez sur les plaques des rues de Constantine, on a l'impression, entre parenthèses, à côté de la plaque, que la mort est située avant la naissance. Ce qui, entre parenthèses, n'est pas complètement faux.

Personnellement, avant 1959, il existe toute une période où j'étais mort. Mort mais pas enterré.

Mort à un point tel que personne de vivant ne pouvait se souvenir de moi vu que je n'avais jamais existé.

Si la mort précédait la naissance, on vivrait non plus avec la crainte de la mort mais dans l'espérance de la naissance. Si la mort précédait la naissance, on vivrait dans la merveilleuse chanson de Pierre Louki, ouvrez les guillemets : « Y avait comme un défaut / Dans la pendule de grand-père / Un tout petit défaut / Les aiguilles tournaient à l'envers ».

On interrogeait Cocteau, entre parenthèses Jean, afin de savoir s'il avait peur de la mort. Il répondait qu'il avait déjà une parfaite connaissance de la mort puisque, disait-il, entre guillemets : « J'étais aussi mort avant de naître que je le serai après avoir vécu. J'ai donc de l'abolition de la personnalité une interminable habitude. »

Selon Cocteau, entre parenthèses, 1889-1963, si vous étiez à Constantine, vous auriez pu lire 1963-1889, selon Cocteau, disais-je, la vie n'était donc qu'une parenthèse au milieu du néant, du rien, de la mort.

Sauf que pour les vivants, entre parenthèses, les anciens puis futurs morts, je veux dire les vivants d'aujourd'hui, la mort de Cocteau n'était pas la même, avant la date de sa naissance, qu'après celle de sa mort, vu qu'aujourd'hui, on peut citer Cocteau, on peut admirer *La Belle et la Bête*, alors qu'avant 1889, personne, jamais, n'aurait eu la présence d'esprit de citer l'ami de Jean Marais, entre parenthèses 1913-1998, 1998-1913, si vous êtes à Constantine.

C'était une chronique mortuaire puisque novembre arrive, que l'on s'apprête à fêter les morts et que c'était l'occasion de souhaiter une bonne fête aux vivants qui un jour seront morts, aux morts que l'on ne connaît pas encore et qui, un jour prochain, seront vivants et aux morts qui restent un peu vivants pour peu qu'ils voyagent et parfois se posent dans nos têtes et dans nos cœurs.

Entre parenthèses.

LA SCENE SE PASSE À TRELISSAC .

Le crime de Trélissac

3 novembre 2017

La scène se passe à Trélissac. Trélissac, 6 732 habitants, Trélissac et son château de Caussade, du XVe siècle, son église Notre-Dame-de-l'Assomption, et sa chapelle des Maurilloux, Trélissac, sentier de grande randonnée GR 36 et GR 646, Trélissac, et sa forêt domaniale, Trélissac, véritable plaque tournante pour les fougères et les orchidées qui s'y épanouissent impunément et dans la plus grande liberté au vu et au su de toute la population qui préfère baisser la tête, fermer les yeux, courber l'échine.

Trélissac, l'inquiétante, Trélissac, la périlleuse. Trélissac, la dissolue.

La scène a lieu le 26 décembre 2016. Jésus est encore dans sa crèche. Le gui, déjà pendu au plafond.

La journée se passe bien, une journée comme les autres en ce début d'après-midi, quand tout à coup survient l'irréparable, le moment où l'irrémédiable se marie à l'abjection, quand la déchéance et l'indignité se donnent rendez-vous à cet endroit précis qui s'appelle le point de non-retour.

Le criminel, car c'est un criminel, jusque-là inconnu des services de police, a en effet commis son infâme forfait dans la réserve d'un centre Leclerc de Dordogne : il a mangé une banane.

Une banane. Une banane innocente, pleine d'illusions, qui voulait voir le monde, une banane pure, ignorante de la bassesse de l'humanité, une banane qui avait quitté son bananier quelques semaines plus tôt, encore jeune, encore verte, ne sachant rien de la vie, une banane venue du Guatemala ou des Philippines, d'Équateur ou de Martinique, une banane qui aurait pu faire le bonheur d'une enfant pauvre du Costa Rica ou de Colombie, une banane qui tout d'un coup, à son corps défendant, va se retrouver mêlée à l'un des plus grands scandales alimentaires jamais recensés à Trélissac : un employé dans la réserve d'un magasin Leclerc a mangé une banane.

Le mangeur de banane prétend que cette banane lui appartenait, assure qu'il faisait une crise d'hypoglycémie. Mais un cadre du magasin Leclerc a vu cet homme manger cette banane.

La banane, hélas, n'est plus là pour témoigner.

Alors, la direction du centre Leclerc de Trélissac a licencié l'employé scélérat pour faute grave. C'est une question de principe. Qui mange un œuf finira par manger un bœuf. Qui mange une banane dans la réserve un jour mangera une imprimante multifonctions laser. Comment, s'il ne fait pas preuve d'une autorité absolue vis-à-vis de son personnel, l'hypermarché

Leclerc pourrait réaliser des bénéfices, dégager des marges, joindre les deux bouts ?

À propos, tout a une fin, sauf la banane qui en a deux. Épilogue de cette sombre histoire le 11 décembre prochain, quand le conseil des prud'hommes de Périgueux rendra sa décision, si attendue[1].

1. L'édition du 14 décembre 2017 de *Sud Ouest* nous apprend que le salarié licencié et son employeur ont trouvé un accord. Les juges prud'homaux de Périgueux ont été invités à homologuer un « protocole transactionnel » susceptible de mettre fin au bananegate.

BOUCQ

Le paradis n'existe pas

10 novembre 2017

« Le paradis n'existe pas, c'est toi qui le feras », chantait, à la fin des années 1970, Jean-Michel Caradec qui depuis, sur la route de Rambouillet, a trouvé le passage secret pour monter au paradis des chanteurs à texte et à guitare. Jean-Michel Caradec a été entendu au-delà de ses espérances. Le paradis existe, partout dans le monde, à Monaco, en Andorre, en Suisse, au Liechtenstein, au Luxembourg, dans les îles Anglo-Normandes, au Delaware, aux Seychelles, aux îles Caïmans, à Malte, aux Caraïbes, à Panamà, à Singapour, à Dubaï, à Chypre, en Belgique, à la City de Londres, à Hong Kong… Réjouissons-nous ! Le paradis est partout sur la terre. Mais les anges ne sont nulle part.

Ou plutôt, ils ont autre chose à faire. Ils ne sont pas blancs comme neige, alors ils s'intéressent au blanchiment de leurs ailes qu'ils cherchent à défiscaliser. Ne sont-ce pas leurs plus beaux signes extérieurs de richesse ? Les anges n'ont même plus besoin de se servir de leur invisibilité. Ils se cachent derrière des structures opaques, des sociétés-écrans. Ils résident au paradis mais ils ne sont pas toujours sur place. Pourtant, le bon Dieu les a prévenus. S'ils veulent profiter des avantages paradisiaques (le calme, la sécurité, la prise en charge totale et éternelle), ils doivent y résider au moins six mois dans l'année. Mais les anges au paradis s'ennuient. Tout est feutré, tout est blanc, tout est ennuyeux. Parfois, pour s'amuser, on cache les clés de saint Pierre, mais il les retrouve aussitôt, on saute à cloche-pied sur les nuages, on jongle avec les cumulus, on boit du vin mais on ignore l'ivresse. Au paradis, il n'y a pas de miracle, on s'emmerde… Heureusement, le bon Dieu, dans son indulgence, sa magnanimité, sa bonté infinie, n'est pas trop regardant.

Car si le paradis dans le ciel est une promesse de félicité pour récompenser les agneaux innocents, le paradis sur terre ne concerne que les loups pervers qui paradent, sourient à pleines dents, se pavanent et sont fêtés, remerciés, décorés, au nom de l'humanité reconnaissante. Merci pour la richesse, merci pour le travail. Merci pour les travailleurs qui pourtant font la gueule : eux qui n'ont aucun moyen d'échapper aux impôts suscitent la méfiance car on voudrait, quand ils sont ponctionnés, qu'ils soient plus souriants, plus agréables, plus contents, porteurs d'un meilleur esprit.

Depuis toujours, les responsables politiques promettent de combattre l'évasion fiscale, mais plus tard, un jour prochain, demain, tout à l'heure, dès que possible. Ce n'est pas exactement une priorité. Ils préfèrent s'inspirer de l'économiste fameux Alphonse Allais qui déclarait non seulement ses revenus, mais la phrase suivante : « Il faut prendre l'argent là où il se trouve, c'est-à-dire chez les pauvres. Bon d'accord, ils n'ont pas beaucoup d'argent, mais il y a beaucoup de pauvres. »

Hommage à Robert Hirsch

17 novembre 2017

Je ne voudrais pas transformer ma chronique du vendredi en avis nécrologique, mais quand même Robert Hirsch est mort et Robert Hirsch était sans doute le plus grand acteur de théâtre du XXe siècle, le plus drôle, le plus incroyable, le plus vif, le plus extraordinaire, le plus inventif, le plus impressionnant, le plus fou, le plus précis. Avec cette rage de jouer qui laissait le spectateur pantois, abasourdi, comme deux ronds de flan, Robert Hirsch faisait rire avec chacune de ses intonations, avec chacun de ses gestes, avec chaque centimètre carré de son corps d'athlète. L'acteur Alain Pralon me racontait que lorsque Robert entrait en scène dans *Amphitryon*, le plateau était plongé dans le noir, on ne voyait que sa chandelle tenue à bout de bras, et avec sa seule main, avec son seul tremblement, avec la seule perfection du geste, il déclenchait les applaudissements du public qui n'avait pas encore vu son visage.

Robert Hirsch était tout simplement un acteur incroyable. Le plus drôle, le plus cruel dans la vie.

Regardant dans le trou du rideau de la Comédie-Française, avant d'entrer en scène, afin de voir qui était dans la salle, un camarade l'interroge : « C'est qui au deuxième rang ? » Reconnaissant une imposante comédienne, il répond : « Béatrice Bretty. – Ah oui. Et à côté ? – C'est toujours Béatrice Bretty. »

Après le théâtre, les acteurs de la Comédie-Française jouaient au jeu du barbu qui se joue à cinq et en plusieurs manches (moins de levées, pas de cœurs, pas de dames, barbu, salade). Jean Le Poulain, comédien professionnel et pétomane amateur, demande : « On va chez qui la prochaine fois ? – Chez moi, répond Robert, maman trouve que ça fait bien longtemps que tu n'es pas venu péter à la maison. »

Avant de lever le rideau, un acteur, Jean Lenima, que Hirsch trouvait médiocre, est victime d'un malaise. Le pompier se précipite vers Robert : « Monsieur Hirsch, monsieur Hirsch, M. Lenima n'est pas bien du tout ! – Ça, répond Robert, il y a longtemps que je le sais ! »

Pardon de raconter ces anecdotes évidemment qui ne disent pas du tout le grand acteur qu'il était, mais comment raconter le caractère éphémère du théâtre et sa grâce parfois miraculeuse ? Robert Hirsch, quand on le rencontrait, ne jouait jamais à l'acteur qui pense, ne faisait pas de commentaires sur son art qu'il maîtrisait à la perfection mais dont il se refusait à être l'exégète. Il préférait continuer à s'amuser, à amuser les autres en jouant l'irrésistible sociétaire gâteuse.

Bouzin du *Fil à la patte* est parti retrouver son metteur en scène Charon. Robert est parti retrouver Jacques. Robert est parti retrouver Bernard, qui fut longtemps son compagnon et à qui il rendit hommage lors d'une soirée des Molières avec une fougue adolescente et bouleversante : « Il était ma famille, la vraie, celle qu'on a choisie. »

On aimerait croire que là-haut, il fera rire les anges et le bon Dieu. Plus raisonnablement on peut dire ce matin à Robert notre reconnaissance d'avoir été un acteur si génial – le mot n'est pas exagéré – et d'avoir porté si haut l'art de la comédie.

Boucq

Apocalypses[1]

17 novembre 2017

Peut-il y avoir deux apocalypses la même semaine ? En Italie, après l'élimination de l'Italie en barrage du Mondial, la peine est grande, la déception incommensurable, la colère est immense.

Une certaine surenchère a fleuri dans la presse italienne, qui ne trouve pas de mots assez durs pour exprimer le désespoir de tout un peuple. « La crise, la débâcle, la plus grande humiliation de son histoire, une honte sans comparaison… » « Nous l'avons mérité », déclare l'éditorialiste de *Tuttosport*, battant sa coulpe, à genoux, frappant sa poitrine dans un extrait du *confiteor* sportif. Pour la première fois depuis 1958 (je ne sais pas si on se rend bien compte de l'étendue de la catastrophe ?), les Transalpins ne participeront pas

1. Le jeudi 16 novembre, Robert Hirsch disparaît, et j'avais envie de lui rendre hommage. Cette chronique inédite a été conservée dans le but de permettre à François Boucq d'exprimer son talent. (*N.d.A.)*

au Mondial qui aura lieu en Russie. Les conséquences sont multiples. Démissions en cascade, évincements multiples et chantiers à reconstruire. *La Gazetta dello Sport* titre « *Fine* ». Fin. Adieu. Salut. Ciao. On tire sa révérence. Fin de partie. L'heure du bilan a sonné.

Le même jour, le titre du journal *Le Monde*, en grosses lettres comme jamais, comme si le graphiste du quotidien de référence était devenu fou, s'inspirant des unes de *Détective*, menace « Il sera bientôt trop tard ! », suivi de points de suspension particulièrement alarmants, angoissants, sinistres. Y aurait-il un danger que la France elle-même soit éliminée de la coupe du Monde de 2018 en Russie ? Risquons-nous, nous-mêmes, Français, de subir, au pays de Victor Hugo certes mais surtout au pays de Zinedine Zidane, de Benzema et de Michel Platini, une déconvenue pareille, une humiliation aussi terrible que celle infligée aux Italiens ?

Non, quand même pas, rassurons-nous, on n'en est pas là. Il s'agit juste du sort de la planète. Ouf. On a eu chaud. Deux cataclysmes peuvent-ils se trouver en compétition ? Non, bien sûr.

Là, dans *Le Monde*, c'est un scoop éventé, c'est juste ce qu'on entend depuis des années, mais avec des plus grosses lettres car le danger serait encore un peu plus imminent et que 15 000 scientifiques issus de 184 pays alertent solennellement sur l'état de la planète. Ah bon, ce n'est que cela. On croyait qu'il fallait s'inquiéter.

« Après trois années de stagnation, les émissions mondiales de CO_2 sont reparties à la hausse en 2017, portées notamment par la Chine. » D'accord.

Les émissions de CO_2 montent tandis que les Azzuris dégringolent.

« Réchauffement climatique, biodiversité, déforestation… Tous les indicateurs montrent une dégradation continue de l'environnement sous la pression de l'homme qui, pour le moment, donc, est essentiellement préoccupé par l'élimination de l'Italie de la Coupe du monde et de l'avenir de son sélectionneur Giampiero Ventura qui demande pardon aux Italiens.

Quand la planète Terre sera éliminée de l'univers, qui demandera pardon ?

(On entend Pavarotti chanter le début d'« O Sole Mio »…)

Bien sûr, c'est dommage le réchauffement de la planète, mais que c'est beau une journée de soleil, un air calme après la tempête, avec de l'air frais on dirait une fête.

Questionnaire de satisfaction

24 novembre 2017

Déjà, le client était roi. Ce qui me déplaisait passablement parce que j'estime qu'on est en république, mais depuis quelque temps le client, qui avait fonction de monarque, est devenu critique, contrôleur, inspecteur, procureur, juge, arbitre, goûteur, dégustateur, délateur, espion, accusateur, rapporteur, indicateur, agent secret, autant de professions que personnellement j'ai toujours refusé d'endosser !

Parce que c'est une nouvelle manie. Chaque fois que vous recevez un colis, un artisan, chaque fois que vous passez par un magasin, un hôtel, un service quelconque, chaque fois que vous avez dû donner votre adresse e-mail, quelques jours plus tard, vous recevez un questionnaire de satisfaction.

Je ne suis pas un donneur de points, de notes, d'étoiles, de satisfecit. Je ne suis pas un cocheur de cases.

Nom, prénom, âge, situation familiale, profession. Est-ce que je vous pose des questions, moi ?

« Depuis quand êtes-vous client de notre société ? » Quel est le sens de votre question ? Vous voulez évaluer ma fidélité ? Vous voulez savoir si j'ai vieilli, si je suis volage, si je vous ai trompés avec d'autres. Taisez-vous. Rangez votre question. Je n'ai rien à vous dire. Vous ne saurez rien. Je suis une tombe. Je suis un secret bien gardé. Je suis un sphinx. Par ailleurs je suis une énigme, un mystère, mais aussi un livre ouvert, un secret de polichinelle pour ceux que j'aime.

« Estimez-vous avoir été correctement conseillé par le vendeur ? » Qu'est-ce que ça peut vous faire ? Si j'ai quelque chose à dire au vendeur, je lui dirai moi-même, directement, entre quat'z'yeux. Car si je trouve que j'ai été mal conseillé par ce vendeur, figurez-vous que je suis assez grand pour lui dire moi-même sans passer par son DRH !

Par ailleurs, je vais vous dire une bonne chose, si j'ai un reproche à formuler parce qu'il y avait des souris dans les placards, des taches sur les draps, parce que le plombier est parti avec ma femme, le chauffagiste s'est trompé de branchement, parce que le service en cristal de Bohême a été jeté assez peu précautionneusement par-dessus la barrière de chez moi, soyez rassurés, vous allez en entendre parler et pas qu'un peu !

Et à chaque fois que l'on m'envoie un questionnaire, c'est parce que, dites-vous, vous voulez me satisfaire au maximum ! Qu'est-ce que vous avez besoin de me satisfaire au maximum ? Est-ce que je vous ai jamais demandé de me satisfaire au maximum, moi qui n'aime rien de plus parfois que la sensation du presque rien, de l'inachevé, de la nuance, de l'insatisfaction permanente mais indulgente, qui à moi – chacun son vice, chacun sa méthode, chacun sa perversité – me donne envie de continuer, de recommencer, de remettre cent fois l'ouvrage sur le métier ! Arrêtez de justifier ces questionnaires par ma satisfaction personnelle.

Vous voulez vraiment savoir comment me satisfaire, espèces de questionneurs de satisfaction ?

En me lâchant la grappe.

Pragmatique

1er décembre 2017

« Je suis agriculteur, monsieur Hulot, je ne fais pas de politique, et j'aime autant vous dire que je ne pensais pas qu'un jour je dirais du bien de l'Europe. Mais là, les messieurs de la Commission, je dis chapeau d'avoir autorisé l'usage du glyphosate pour les cinq prochaines années.

Comme a dit le syndicat, très justement, c'est une décision qui est pragmatique.

Voilà, c'est le mot, "pragmatique". Comme quoi, on n'est pas fermés d'esprit, d'habitude on n'est pas trop pour l'Europe, vous allez me dire "sauf quand ils donnent des subventions", mais les subventions on préférerait ne pas en avoir besoin, c'est certain, on les prend parce qu'on ne peut pas faire autrement, monsieur Hulot, on est pris à la gorge… C'est sûr qu'on milite plutôt pour des solutions nationales, d'habitude, alors que c'est plutôt les hommes politiques qui veulent de l'Europe, mais là avec le glyphosate, nous autres agriculteurs traditionnels on est plutôt d'accord avec l'Europe. Et vous voulez une solution nationale. On dirait qu'on ne pourra jamais être d'accord.

Parce que, attention, quand je dis "traditionnel", ça veut pas dire rétrograde, au contraire nous on est pour l'avenir, une agriculture du modernisme, de la technologie… Quand je suis sur mon tracteur, monsieur Hulot, j'ai l'impression de conduire un avion à réaction, tellement qu'il y a de boutons, d'informatique, c'est un vrai ordinateur que j'ai dans le cockpit.

À l'occasion, monsieur Hulot, je sais bien que vous, vous voyagez plutôt en hélicoptère, mais passez le voir, mon tracteur. Enfin je dis "mon tracteur"… Pour l'instant c'est plutôt celui de la banque vu qu'il est pas fini de payer et qu'il n'est pas près d'être fini de payer. Avant, quand on parlait de traites, on pensait aux vaches. Maintenant on pense au Crédit Agricole. Le tracteur, c'est un Ferguson, il y a quand même 240 chevaux sous le capot, si c'est pas plus, il y a toute l'électronique là-dedans, il y a tout, y a des programmes là-dessus, faut voir, pont avant suspendu, suspension de cabine mécanique ou électrohydraulique, ventilation à huit vitesses, y a tout un tas d'options… C'est ce que j'ai dit au gars du Crédit Agricole, je m'en servirai jamais. Il m'a dit : "Monsieur Morel, vu votre exploitation qui est petite pour le moment, donc exponentielle" – c'est ce qu'y m'a dit, "exponentielle" –, "le Ferguson, c'est la solution pragmatique." Il a bien employé le mot "pragmatique".

C'est sûr qu'avec un tracteur pareil, avec les remboursements, faut quand même faire du chiffre, c'est pour ça que le glyphosate, on n'a pas le choix, c'est indispensable à l'heure actuelle…

Bon… Je discuterais des heures avec vous, monsieur Hulot, parce que vous êtes intéressant et ma femme loupait jamais une de vos émissions. Vous et Julien Lepers, vous étiez ses chouchous. Si elle était encore là, je vous demanderais un autographe. Hélas, elle travaillait chez Ferodo. L'amiante, elle en est morte. Le larynx… À l'époque, c'était critiqué par certains, comme on disait, qui sont bons qu'à critiquer.

Mais qu'est-ce que vous voulez, fallait bien travailler. À l'époque, tout le monde le disait, le patron, les responsables, l'amiante, c'était déjà la solution pragmatique. »

Robert et Jojo

8 décembre 2017

Il s'en fout, Robert, de pas charger. Depuis pas loin de trois quarts d'heure. Il s'en fout, Robert, puisqu'il est dans son taxi et qu'il écoute son Jojo. Comme tous les jours, vous me direz, il écoute son Jojo. Comme tous les jours mais depuis mercredi matin, il l'écoute autrement. Jojo est parti et Robert trouve sa vie plus petite, pile depuis mercredi matin, il se dit qu'on a tous en nous quelque chose de rétréci.

Et hier après-midi, il l'a envoyée chier, la gamine qui lui réclamait NRJ. Elle aurait dit un mot de travers sur son Jojo, le traiter de ringard, l'appeler « l'idole des vieux », il aurait pu lui en coller une, comme ça, direct, ça lui aurait fait tout drôle.

Il s'en fout, Robert, de pas charger puisqu'il est dans son brutal et qu'il écoute son Jojo, comme tous les jours puisque c'est la musique qu'il aime et qu'elle vient de là, elle vient du blues, du blues qui l'envahit, comme tous les jours, vous me direz, mais là, son blues le rend sombre comme un bleu, comme un hématome qui laisse un coup au cœur.

Il s'en fout, Robert, d'être dans son traîne-cons à faire le poireau boulevards des Maréchaux vu qu'il est quelque part sur la 66, entre Chicago et Santa Monica, entre l'Illinois et la Californie, entre la mort et la vie. Robert, ça le fait marrer, parce que les intellos, les bourges, il y a des années, ils faisaient la fine bouche. C'était pas leur came. On peut comprendre, mais tout d'un coup, tout le monde s'est mis à l'aimer, son Jojo, les rupins, les bourgeois, les cossus, les blindés, les braiseux, tout d'un coup, les connards, qu'est-ce qu'ils connaissaient de son Jojo, qui le faisait rêver quand il était gamin, quand il se déhanchait au Golf-Drouot, qu'il est allé voir partout où il passait, faisant des heures de queue pour être au plus près de la scène, qu'est-ce qu'ils connaissaient de son Jojo, eux qui n'avaient jamais passé du temps sous la pluie à manger des saucisses avant que la sécurité veuille bien retirer les barrières ?

Et quand parfois il stationnait à Roissy, Robert, il se disait qu'un jour peut-être il pourrait l'avoir comme clille, pourquoi pas ? C'est pas impossible ! Jean-Claude, il a bien eu Bellemare un jour ! Et Petit Louis, il a monté Roger Zabel et une autre fois Gilbert Montagné, en personne, très sympa, paraît-il qu'il regardait pas non plus à la dépense, comme disait Petit Louis, pour rigoler…

Jojo, il serait monté dans son tacot. « Je vais à Marnes-la-Coquette », qu'aurait dit Jojo. Robert, il aurait pas mouftá. Il l'aurait pas ouvert de toute la course, il l'aurait pas emmerdé à lui dire son admiration et qu'il était allé le voir partout, même à la fête de *L'Huma*, même à l'Olympia, même au Parc des Princes, même au Stade de France, mais au moment de la dépose il aurait dit : « Vous me devez rien, monsieur Hallyday, la course est pour moi, vous m'avez donné trop de bonheur dans la vie. »

« T'es con, qu'auraient dit ses copains, il gagne plus avec son Optic 2000 que toi en dix ans de taxi.

— Et alors ? aurait répondu Robert, j'suis p't-êt' con, mais je fais ce que je veux, c'est comme ça, si ça me fait plaisir, et puis m'emmerdez pas, de toute façon il est jamais entré dans mon tacot, Jojo, vu que j'ai jamais monté personne de célèbre sauf celui, je sais plus son nom, qui fait des chroniques le vendredi matin à France Inter mais que j'écoute pas trop vu qu'ils le diffusent jamais, mon Jojo, sauf quand il est mort et qu'on le passe en boucle. En plus si ça se trouve, il prenait des Uber, Jojo, ou si ça se trouve, il avait un chauffeur à son service. Et puis je m'en fous, je suis pas loin de la retraite, boulevards des Maréchaux, et qu'y a plus personne on dirait qui veut monter dans mon taxi…

— Qu'est-ce qui te prend, Robert, tu chiales ? C'est la meilleure ! Robert qui chiale comme une gonzesse parce que son Jojo est mort.

— Pauvre con, tu comprends rien, c'est ma jeunesse qu'est morte. »

Elle est bonne, la soupe

15 décembre 2017

Comment se sortir de Notre-Dame-des-Landes ?

J'aimerais apporter ce matin un éclairage sur la question dans un processus macronien, qui permettrait à la fois de satisfaire les opposants viscéraux à l'aéroport et, en même temps, ses défenseurs les plus passionnés. Ce n'est pas facile, j'en conviens.

Quand on parle aéroport, il est indispensable de prendre de la hauteur, d'évoquer les pistes, notamment de réflexion. C'est ce que je me suis engagé à faire ce matin…

D'abord, j'ai pensé qu'il fallait aller à la source, interroger les origines de ce projet qui fut envisagé dès 1963. La plupart de ceux qui ont initié cette idée au tout début de la Ve République sont morts. Morts et enterrés. Certains cependant sont incinérés. Leurs cendres sont recueillies dans des urnes funéraires, comme si, leur forfait accompli, ils n'avaient pas voulu laisser de trace.

M. Bertouilleux, lui, est toujours vivant. Il travaillait alors en tant que vice-conseiller auprès du directeur de cabinet du préfet de l'époque de la Loire-Atlantique dans le cadre de la Délégation interministérielle à l'aménagement du territoire et à l'attractivité régionale. C'est un homme très âgé aujourd'hui mais qui garde toute son acuité intellectuelle, vu que son premier travail le matin est de remplir les cases des sudokus et des mots croisés de *Ouest-France*, journal auquel il est abonné depuis février 1948. M. Bertouilleux parle de façon sibylline et peut-être un peu énigmatique, sans doute à cause d'un devoir de réserve qu'il semble vouloir s'imposer. Il m'a déclaré tandis qu'il tentait d'ouvrir une brique individuelle de potage Marmite de bouillon agneau de la marque Knorr : « Elle est bonne, la soupe. » M. Bertouilleux n'a pas souhaité aller au-delà de cette confidence. J'avais en tête les mots de Georges Pompidou citant Paul Éluard : « Comprenne qui voudra. »

Je suis également allé à la rencontre du campagnol amphibie qui a regretté de ne pas avoir été consulté personnellement. L'aéroport de Notre-Dame-des-Landes le fait fulminer. Il me faisait remarquer qu'il vivait pacifiquement au bord de la rivière, qu'il ne causait jamais aucun dommage aux parcelles agricoles et qu'il était menacé de disparition.

« À quoi bon, m'interrogeait-il, être inscrit sur la liste rouge des espèces vulnérables de l'Union internationale pour la conservation de la nature si ceux qui travaillent à notre disparition obtiennent des dérogations ? » Le campagnol amphibie me demande par ailleurs de préciser qu'il n'a rien à voir avec le rat musqué avec qui il ne veut pas être confondu. Dont acte.

M. Bertouilleux, le campagnol amphibie n'ont pas été mes seuls interlocuteurs. J'ai rencontré Mme Vayssière, responsable des achats de timbres pour l'entreprise Vinci. « Le réaménagement de Nantes Atlantique, me disait-elle, serait moins cher que la construction de l'aéroport de Notre-Dame-des-Landes mais permettrait à Vinci d'obtenir une indemnisation conséquente tout en participant à la construction des nouveaux aménagements de l'ancien aéroport. »

Je rappelle qu'en décembre 2010, Vinci a obtenu la conception, la construction, l'exploitation du futur aéroport pour une période de cinquante-cinq ans. Ne serait-il pas raisonnable de patienter encore quarante-huit ans afin de remettre le dossier à plat et d'envisager des solutions satisfaisantes à travers un certain nombre de consultations, études, missions de médiation avant une décision gouvernementale qui sera forcément très attendue ?

Le mieux est de laisser la conclusion à M. Bertouilleux qui vient d'ouvrir avec succès sa brique Knorr de Marmite de bouillon agneau : « Elle est bonne, la soupe. »

DANS quelques jours Noël

Fils de Dieu

22 décembre 2017

Dans quelques jours, Noël est l'occasion, pour les chrétiens, de fêter la naissance du Christ. Je ne discute pas. Je trouve très légitime de célébrer le fils de Dieu qui a laissé une trace non négligeable dans l'histoire de l'humanité, je ne conteste pas, mais je voudrais en profiter, en ce matin situé dans la période de l'Avent, pour relativiser un tout petit peu son importance et évoquer celui sans qui rien n'aurait été possible, celui grâce à qui tout a commencé, le papa de Jésus, Dieu lui-même, Dieu que je voudrais spécifiquement saluer car je sais qu'il est auditeur de France Inter vu qu'il est extrêmement connecté : non seulement il connaît et voit tout, mais également entend tout.

J'imagine qu'en ce moment, les sentiments de Dieu sont légèrement contrastés, une fierté bien légitime devant la notoriété de son fils et en même temps peut-être une certaine jalousie, tout à fait compréhensible, quand il s'aperçoit que son fils l'a presque dépassé en popularité.

On critique parfois ceux qui ont profité de la notoriété de leur père pour se faire connaître, mais est-ce que Jésus-Christ, je pose la question, je ne veux faire le procès de personne, n'a pas, plus que les autres, exagérément utilisé la notoriété de son père pour faire carrière dans la messianie ?

Parce que bien sûr, je vous vois venir, vous allez me parler des enfants Gainsbourg, Hallyday, Dutronc, Souchon, Chedid, Bedos, Higelin, Deneuve, mais il y a d'abord le fils de Dieu qui a intégralement fait son trou en revendiquant exclusivement le travail de son père.

Mais, je suis désolé de le dire, celui qui a créé le monde, ce n'est pas Jésus, c'est son père, et je le rappelle quand même, le monde a été créé en six jours. En six jours ! Je ne sais pas si l'on mesure bien l'exploit ! Quand on sait que la moindre maison en parpaing, de l'achat du terrain, l'étude du financement, la signature chez le notaire, jusqu'à la pose des parquets, l'isolation du toit et les peintures intérieures, nécessite généralement pas loin de deux ans.

Alors, vous me direz, parce que vous avez réponse à tout, qu'à l'origine le monde a certes été créé, mais il a été fait en gros. Dieu avait fait la lune, les étoiles, les montagnes, les torrents, les rivières, mais il avait un petit peu torché le travail, Il ne s'était pas occupé des fusées, des remonte-pentes, des canoës-kayaks. Alors, je suis d'accord avec vous, il faut être juste, c'est vrai, Dieu ne s'est pas beaucoup occupé des finitions. Au départ, pas de TGV, pas d'autoroutes, pas d'aéroports, pas de patins à roulettes avec roulements à billes, mais je voudrais quand même préciser que Dieu s'en est quand même sorti tout seul et sans faire appel à la moindre main-d'œuvre extérieure.

Donc, je ne crois pas qu'il soit complètement exagéré de tirer un grand coup de chapeau à Dieu qui, par ailleurs, doit amèrement regretter la contre-publicité permanente que lui font tous ses adorateurs fanatiques et criminels.

Quant au fils de Dieu qui sera fêté dans quelques jours, n'oublions pas la phrase de Mgr Hyacinthe-Louis de Quélen, 125e archevêque de Paris, cité par Guy Bechtel et Jean-Claude Carrière dans leur *Dictionnaire de la bêtise et des erreurs de jugement* : « Non seulement Jésus-Christ était fils de Dieu, mais encore il était d'excellente famille du côté de sa mère. »

Une mesure s'impose en France : ministère du rire

Le ministère du Rire, de l'Humour et de l'Histoire drôle

29 décembre 2017

Une mesure s'impose en France. Ça ne peut plus durer. Je propose que soit créé un ministère du Rire, de l'Humour et de l'Histoire drôle. La fameuse question : « Peut-on rire de tout ? » fait régulièrement les gros titres de la presse à côté du chômage et du terrorisme. Le rire est un sujet qu'il faut traiter avec sérieux et c'est naturellement à l'État de donner une direction cohérente. Sinon, les gens finiront par rire n'importe comment, n'importe où et nous conduiront à la catastrophe.

Il faut faire le bien des gens, parfois contre leur avis. Les citoyens ne savent pas. Ce sont des enfants. Ils fument. Ils boivent. Ils rient. Ils rient, parfois en dépit du bon sens.

Ce qui peut être grave. Pour soi et pour les autres.

D'autant que le désir de rire est partout. Beaucoup de gens sont addicts au rire…

Aujourd'hui, en l'absence de ministère du Rire, de l'Humour et de l'Histoire drôle, chaque ministre se trouve obligé de tweeter chaque fois qu'apparaît une histoire drôle qui ne lui convient pas, et le temps qu'il perd à tweeter pour donner son avis sur une blague, sur une plaisanterie, sur une galéjade, c'est autant de temps qu'il perd pour tweeter sur la composition de ses petits déjeuners, la marque de ses chaussures, la couleur de son veston.

Le ministère du Rire, de l'Humour et de l'Histoire drôle devrait pouvoir travailler à la production d'histoires drôles et d'humour convenable. C'est un chantier d'avenir. La création des histoires drôles serait développée dans chaque grande région française où seraient construites de grandes fabriques d'histoires drôles.

Cette idée m'a été suggérée par M. Daniel Pennac, écrivain et visionnaire.

Situées un peu à l'écart des grandes villes, ces fabriques auraient pignon sur rue. On entrerait dans de grands open-spaces. Là, un groupe d'ingénieurs se concentrerait sur le démarrage de l'histoire drôle. On entendrait, par bribes, des promesses d'hilarité. « C'est un type qui veut acheter une bagnole à sa femme », « C'est une blonde qui prend l'ascenseur pour la première fois », « C'est un gars qui arrive dans un bistrot après son boulot »… Des développeurs, souvent des intérimaires, travailleraient sur le corps de l'histoire drôle en donnant des indications inutiles mais permettant à l'histoire drôle de se déployer agréablement. « C'était en plein hiver, place de la Bastille », « C'était au bord de l'autoroute, en direction de La Bourboule »…

Un peu plus loin, un peu à l'écart, on trouverait un groupe plus silencieux, plus concentré, celui des chutistes. Les chutistes seraient un peu les aristocrates de cette confrérie. Ils auraient la responsabilité délicate de trouver la touche finale, la synthèse idéale, le parangon du parachèvement. Les chutistes parmi les ouvriers du rire seraient les plus respectés, les plus vénérés, les plus craints, parce que détenteurs du génie comique. Ces têtes d'œufs, ces admirables professionnels auraient des fulgurances reprises à l'infini dans les cours de récréations et près des machines à café. « Et poil à mazout ! », « Mais c'est ce que je te demande depuis tout à l'heure… », « Eh bien, dans ce cas, t'as qu'à prendre ma femme ! »…

En attendant la construction de ces usines, chacun est livré à soi-même, tentant de définir sur les réseaux sociaux ce qui est cocasse, ce qui ne l'est pas, ce que doit être l'humour, ce qui est autorisé à être amusant. Plutôt qu'être drôle, on risque d'être risible.

2018

5 janvier 2018

2018 qui commence et déjà, une certitude : vous n'avez pas envie de vivre au présent. Ce n'est pas grave : réfugiez-vous dans la commémoration, vautrez-vous dans la célébration, blottissez-vous dans le souvenir, il y a de quoi faire, vous avez l'embarras du choix.

Macron vous rend perplexe, votez de Gaulle ! 2018 est le 60e anniversaire de la Ve République. La guerre d'Algérie, le procès de la Garantie foncière et les scandales immobiliers, Michel Debré qui déplace des petits Réunionnais plus ou moins orphelins pour repeupler la Creuse. Pelotonnez-vous dans la douceur humaniste de ce passé magnifié.

La gauche vous désespère, le Parti socialiste vous décourage. On peut vous comprendre. Cinquantième anniversaire de Mai 68. Revivez le temps des slogans. Sous les années, la rage. Cours, camarade, cours, le vieux monde est devant toi. Il est sépia. Il est jauni. Nos cœurs sont en barricade. Sous les pavés de nos désillusions, les plages de l'utopie. Papy Dany, raconte-nous quand on prenait ses désirs pour la réalité, raconte-nous l'interdiction d'interdire. Soyons réalistes, nous demandions l'impossible. Les enfants non voulus, chevelus, poètes sont devenus mentons rasés, ventres ronds, notaires.

2018 qui débute et déjà une conviction, le désir fou de se recroqueviller dans l'histoire, de se replier dans les archives. L'armistice a 100 ans. Les gueules cassées rentrent chez elles quand elles ne pourrissent pas près des tranchées. Des millions d'invalides, peut-être huit, des millions de morts, peut-être dix, civils et militaires, des millions de blessés, peut-être vingt. Quand on tue, on ne compte pas. « Plus jamais ça ! » crient les pacifistes. 1918, la Grande Guerre finit. L'avant-guerre commence.

1938-2018, 80e anniversaire du retour triomphal de Daladier et Chamberlain, partis à Munich pour sauver la paix. Bon anniversaire, messieurs.

1978-2018, 40e anniversaire de l'arrivée de l'ayatollah Khomeyni à Neauphle-le-Château. La fin de la dictature iranienne est pour demain.

2018, année du centenaire d'un poète bien vivant, René de Obaldia, chantre de l'enfance et de la fantaisie : « Mon petit frère a un zizi / Mais moi, Zaza, / Je n'en ai pas. / Mon petit frère a un zizi / Et moi, Zaza, à la place où ç'aurait dû été / Que du vent, que du vent… »

1918-2018, si les vivants vous ennuient, célébrez les morts. Souvenons-nous des beaux centenaires. Suzanne Flon, Ella Fitzgerald, Ingmar Bergman, Nelson Mandela, Leonard Bernstein et Lucien Jeunesse : « Chers amis, bon siècle ! »

•

2018, dans un hôpital, dans une clinique, naîtra sans doute une future Suzanne Flon, un nouveau Mandela. Je vous jure, je vous promets, ce matin même, sans qu'on le sache, est née quelque part une nouvelle Ella Fitzgerald qui demain saura nous dire : *The best is yet to come...*

Ne peut-on pas parler de Dieu ?

12 janvier 2018

Ne peut-on pas parler de Dieu ? Je vous pose la question, monsieur Demorand. Ne peut-on pas parler de Dieu ?

Je vous interroge tout à trac à l'instar de Mgr Michel Aupetit, nouvel archevêque de Paris, successeur d'André Vingt-Trois. Oui, bien sûr, ça aurait été plus simple de le désigner par Michel Vingt-Quatre mais n'êtes-vous pas lassé, monsieur Demorand, de toute cette ironie permanente qui envahit les ondes de France Inter jusqu'à l'écœurement ?

« Ne peut-on pas parler de Dieu ? interroge l'archevêque. C'est le tabou, Dieu, aujourd'hui ! Ce n'est plus le sexe, c'est Dieu. On n'a pas le droit de parler de Dieu, sinon on gêne. »

Oui, c'est ainsi que s'exprime Michel Aupetit, archevêque de Paris dans *Le Monde* daté d'aujourd'hui.

Eh bien, ne vous déplaise, monsieur Demorand, moi, esprit libre, frondeur (ne prenez pas mal le mot, monsieur Le Foll), je n'hésite pas à prendre à bras-le-corps les grands sujets, Dieu et le sexe. Oui, j'aurais pu évoquer Lactalis, le PS, j'aurais pu rigoler, ricaner, mais moi j'envisage l'ambition, je projette l'excellence, je vise la grandeur.

Le sexe, Dieu. Dieu et le sexe. Bonjour, vous êtes bien sur France Inter.

Une chronique entièrement écrite en collaboration avec Sa Grâce Michel Aupetit, archevêque de Paris, qui note que l'on parlerait de Dieu aujourd'hui comme jadis on parlait du sexe, en cachette, en catimini. On parlerait de Dieu en douce, en tapinois, à la tombée, dans les rues sombres, entre chien et loup.

« Ça vous dirait d'avoir un plan Dieu avec moi ? Une petite prière furtive, vite fait bien fait derrière le confessionnal ? Si ça vous intéresse, j'ai des images de Dieu, vous voulez voir ? »

C'est le dernier sujet interdit : Dieu.

« Dieu est amour mais le sexe aussi », ajouterait Trapenard le vicieux, Trapenard le luxurieux !

Et le sexe, tout prépondérant, est devenu la nouvelle religion, le catéchisme de chacun.

« Je crois au sexe tout-puissant. » « Notre sexe qui es aux cieux / Que ton nom soit sanctifié… »

Le sexe est la doctrine indépassable… La pornographie est la Bible. On a le feu au culte. On en a plein le culte !

« Il vaut mieux avoir affaire au sexe qu'à ses saints. » « Les voies du sexe sont impénétrables. » « Chacun pour soi, le sexe pour tous. » « Heureux comme le sexe en France. »

Tandis que de pauvres hères ne croyant plus ni en sexe ni en diable errent désespérément. « Mon sexe, mon sexe, pourquoi m'as-tu abandonné ? »

Michel Aupetit, après avoir été médecin généraliste, entré au séminaire à 39 ans, est aujourd'hui archevêque de Paris, preuve que tout espoir n'est pas perdu, que la réussite professionnelle peut arriver tardivement, que la réorientation s'envisage à tout âge. Exemple magnifique de réinsertion prospère !

Médecins de campagne, n'attendez plus, devenez évêques.

Le public de radio est dans le 7/9 à Rennes

19 janvier 2018

À chaque fois la même stupéfaction quand le 7/9 se déplace, à chaque fois la même question : pourquoi le public vient-il si nombreux, si enthousiaste, si excité à l'idée d'assister à une émission de radio, comme s'il ne savait pas qu'il pourrait très bien l'écouter chez lui ? Et quand je dis « chez lui », je veux dire sous la couette, une bouillotte aux pieds, une cafetière à proximité, et sur les genoux le *Ouest-France* ouvert à la page sudokus, mots croisés, mots fléchés. Car enfin, on imagine sans difficulté que quelqu'un qui a l'idée saugrenue et, disons-le, totalement stupide, de venir assister à une émission de radio jusqu'à 9 heures du matin, a un emploi du temps pas trop surchargé, un planning pas trop overbooké, comme dirait Mme Hélène Carrère d'Encausse dans le backstage du quai Conti, buvant un drink sur le rooftop : « Voyons voir, est-ce que le 19 janvier je peux pas aller assister au 7/9 de France Inter ? Bon, euh, ça va pas être évident, le 16 j'ai rendez-vous à 14 heures chez le dentiste et le 26 à 17 h 30 j'ai un entretien avec mon conseiller en patrimoine. Bon, je vais me débrouiller, je veux absolument voir Bernard Guetta en vrai ! » Depuis toujours le public de radio, celui qui assiste aux « Grosses Têtes » et, ce matin, au 7/9, est essentiellement composé de retraités et de feignasses. Car enfin, pourquoi aller voir des voix ? Vous pensez bien que, si les uns et les autres, tous autant que nous sommes de présentateurs, de chroniqueurs, de billettistes, nous nous sommes rabattus sur la radio alors que chacun sait qu'on est nettement mieux rémunéré à la télévision, c'est parce qu'on a essentiellement des physiques de radio. Nicolas Demorand, par exemple, croyez-vous que c'est de gaieté de cœur qu'il met son réveil tous les jours à 2 heures et demie du matin ? Croyez-vous qu'il serait au micro de si bonne heure s'il avait réussi le casting pour remplacer Julien Lepers à « Questions pour un champion » ? Non. Ici, sur France Inter, un physique ingrat peut même être un petit plus. Savez-vous que Nicole Ferroni, qui a pourtant un joli minois, est considérablement moins bien payée que moi ? Il doit bien exister une raison objective capable d'expliquer pourquoi le couvent des Jacobins est si fréquenté ce matin ; à mon avis, les fans de radio aiment à se coopter, à se réunir, à se rencontrer. Combien d'unions, de mariages et parfois même d'histoires de cul sont nés entre des auditeurs venus assister à une émission de radio ? « Bonjour, je m'appelle Samantha, je cherche un homme à l'aise, libéral, comme moi. Vous aimez écouter Dominique Seux ? » « Bonjour, je m'appelle Anatole, je ne rate jamais une chronique de Thomas Legrand, alors que lui, parfois… » Car comme l'a dit Antoine de Saint-Exupéry, s'aimer ce n'est pas s'écouter l'un l'autre, c'est écouter ensemble la même émission. Si le public ce matin est aussi nombreux c'est peut-être également parce que les frotteurs du métro ici à Rennes ont pour la plupart été injustement rejetés des lignes allant de la Poterie à Kennedy, de Kennedy à la Poterie. Oui, nombre de frotteurs, de colleurs, de lourds, de pénibles, arbitrairement repoussés du métropolitain, se sont regroupés ce matin, ici même, dans l'espoir fou mais – hélas ! – déçu, de peut-être apercevoir Catherine Millet. Consolez-vous avec l'énergie luxurieuse d'une signataire de la tribune du *Monde*, quittant les beaux quartiers un soir de pointe pour se faire importuner à Aubervilliers contre le bleu de chauffe sybarite d'un ouvrier rentrant du travail, sentant la sueur et le foutre, le labeur et la mélancolie : aussitôt le 7/9 terminé, Nicolas Demorand en personne ira s'offrir à son public !

Cher Monsieur Koons

26 janvier 2018

Cher Monsieur Koons, vous avez sans doute appris avec déception que cette semaine une tribune dans *Libération* réunissait tout un tas de personnalités des arts et de la culture pour refuser les fleurs que vous vouliez offrir à la ville de Paris.

Ça m'a fait de la peine pour vous, Monsieur Koons, parce que j'imagine que vous devez être drôlement sensible et sans doute le plus sensible de tous les artistes vu que vous êtes l'un des plus grands artistes contemporains vu que vous êtes le mieux payé.

Pauvre Monsieur Koons qui devez être tellement marri que votre générosité ne soit pas mieux récompensée.

Appréciez cependant, Monsieur Koons, la franchise des signataires. Si, après avoir offert votre cadeau, vous le retrouviez en vente sur Le Bon Coin comme toutes les merdes dont on veut se débarrasser, ce serait encore plus humiliant pour vous.

Il faut dire, Monsieur Koons, que votre bouquet, ce n'est pas juste un bouquet qui fait joli sur la table du salon et qui finit par puer quand on oublie de changer l'eau des fleurs, non, c'est du bouquet solide, en bronze et aluminium poli qui fait 12 mètres de haut et qui pèse 33 tonnes.

Peut-être le problème, Monsieur Koons, c'est qu'il est assez encombrant, votre cadeau. Tellement encombrant que le vase risque de coûter plus cher que les fleurs…

J'ai appris, Monsieur Koons, que vous aviez décidé de l'emplacement de votre bouquet, face au musée d'Art moderne.

Je pense, Monsieur Koons, que quand on fait un cadeau, on n'a pas d'exigence à avoir. Mon beau-frère Bernard, par exemple, il fait de la peinture, parfois il m'offre une de ses œuvres et je ne serais pas très content s'il m'obligeait à placer ses couchers de soleil juste au-dessus du canapé vu que moi je préfère les mettre à la cave, derrière le tas de bois. Surtout que votre bouquet, vous soutenez qu'il serait pour nous consoler des morts du Bataclan, le Bataclan qui n'est pas du tout situé vers le musée d'Art moderne de Paris.

Pardon, Monsieur Koons, mais vous pourriez donner l'impression – ce n'est qu'une impression car ce serait vraiment trop laid – que vous profitez d'une douleur pour faire un coup médiatique, faire marcher votre petit commerce. Bien sûr, je ne peux pas le croire, ce serait une telle anti-publicité, un tel cynisme… Comme une réplique sismique après un tremblement de terre. Une calamité nouvelle après la catastrophe.

Monsieur Koons, vous avez le sens des affaires et, bien sûr, on ne vous le reproche pas. Si le pauvre Vincent Van Gogh par exemple l'avait eu un peu plus, ça ne l'aurait peut-être pas empêché d'avoir du génie tout en étant un peu moins malheureux. Le docteur Gachet lui aurait conseillé d'épouser une Cicciolina de l'époque pour faire parler de lui, il lui aurait présenté M. Vuitton qui aurait eu l'idée de décorer ses sacs.

Faites votre commerce tant que vous voulez, Monsieur Koons, mais pas sur le dos des morts.

Si vous voulez vraiment nous faire un cadeau, Monsieur Koons, faites comme ma grand-mère quand elle donnait un billet de cinquante francs plié en quatre à Noël : « Tiens, c'est pour toi, j'ai rien acheté mais comme ça, toi, tu t'achèteras ce que tu veux. »

Voilà, Monsieur Koons, donnez-nous des billets, si vous voulez être généreux, signez des chèques, comme ça, on s'achètera ce qu'on veut.

Après tout, Monsieur Koons, ce que vous nous offrez, c'est juste une idée, un concept. Vous avez eu l'idée de nous offrir une main tendue avec des fleurs colorées. C'est très gentil. Vous savez, c'est l'intention qui compte. Pas la peine de solliciter le mécénat privé, les impôts de la République française…

Votre œuvre doit rester conceptuelle, vous nous offrez des fleurs, nous, nous acceptons virtuellement votre cadeau. Le concept, c'est de vous dire merci mais de vous demander de ne pas le réaliser.

Acceptez que les Parisiens soient aussi conceptuels que vous.

Bien à vous, Monsieur Koons.

Autocritique

2 février 2018

Aujourd'hui, hélas, une chronique autocritique : je me demande si je ne suis pas en perte de vitesse. Non, non, ne protestez pas, vous mes laudateurs, mes thuriféraires, vous pour qui je suis une étoile dans la nuit. Songe que cette étoile, dont tu perçois encore la lumière vacillante et frissonnante, est peut-être décédée depuis des mois. Mon collègue et éminent confrère de diverses académies, Frédéric Beigbeder, réussit à buzzer comme un malade ; rien que ces dernières semaines des polémiques ont surgi concernant Nagui, Bénabar, Ardisson, Woody Allen, ma sœur, tandis que moi, unique polémique : un professeur de français à la retraite me reproche de dire « rasé de près » alors que l'expression est « rasé de frais ». « De toute façon, on se rase toujours de près, on ne peut pas se raser de loin », s'insurge ce professeur. Mis à part ça, beaucoup de félicitations, de fleurs, de congratulations, de demandes en mariage. Je vais donc procéder à une tentative d'allumage de buzz, mais je ne suis pas sûr de mon coup. Bon bah, j'essaie, je me lance : Nicolas Demorand, le matin, a une haleine de chacal. Charline Vanhoenacker a de vilains genoux. Thomas Legrand sent des pieds. Bernard Guetta pète au lit. Dominique Seux, dans sa chambre d'étudiant, a un poster du Che. Est-ce que ce sera suffisant pour faire le buzz ? Je n'en suis pas sûr, alors j'adresse par ailleurs toutes mes pensées au mari de la joggeuse qui, comme l'ont souligné ses avocats, avait peut-être un petit côté soupe au lait, mais faut avouer que par moments elle n'était pas toujours facile facile. Bon, je sens bien que je dois faire encore des efforts, j'essaierai de faire mieux la prochaine fois. Voyez, aujourd'hui nous sommes comme dans un paquebot sans capitaine, comme un canard dont on aurait coupé la tête : le chroniqueur, livré à lui-même sur le bateau Radio France qui n'a plus de capitaine, ne s'est même pas donné la peine de trouver une conclusion.

Il neige (2)[1]

9 février 2018

Il neige.
Et l'on ne s'y fait pas.
Il neige.
Et c'est toujours une surprise.
Il neige.
Et c'est comme si c'était la première fois.
Les responsables de la SNCF n'en reviennent pas.
« Il neige !
— Il neige ?
— Il neige !
— Mais comment ça, il neige ?
— Il neige comme je vous le dis, il neige du ciel, il neige en flocons, il neige partout, il neige sur les toits, sur les routes, sur les arbres, partout, il neige.
— Incroyable ! Mais il ne neige pas sur les voies ferrées quand même ?

1. Chronique faisant suite à une précédente intitulée « Il neige », incluse dans le recueil *Jamais la même chose*, Denoël/France Inter, 2017, p. 209 ; Pocket, n° 17260.

— Je crois bien que si, je ne voudrais pas être désagréable mais il neige partout, même sur les wagons, sur les rames, sur les voies, sur le ballast, il neige je vous dis, il neige comme ce n'est pas permis, il neige ! »

La stupéfaction est à son maximum. On ne s'y attendait tellement pas. Comment pouvait-on ? Comment aurait-on pu ? De la neige, en plein hiver !

C'est incroyable ! Comment aurait-on pu seulement prévoir ? Bien sûr, qu'il neige à Saint-Véran, à Pelvoux, à Termignon, à Gavarnie, à Aragnouet, à Luz-Saint-Sauveur, à Chantelouve même, ça ne surprend personne.

Mais à Paris !

Parce que même à Paris, il neige.

Sur tous les arrondissements. À la Villette et à Bercy, quai de la Rapée et place Clichy, à Montparnasse et Saint-Lazare, il neige. À Saint-Germain-des-Prés-Neigeux, à Belleville-la-Blanche, à la Moufle, à la Butte-aux-Cailles qui caillent, à Ménilmontant-de-Saison, il neige. La basilique du Sacré-Cœur, déjà blanche en temps normal, a comme par miracle disparu sous la neige et personne n'a l'idée de s'en plaindre. Même Richard-Lenoir est tout blanc. Il neige et, pendant ce temps-là, la Seine qui monte, la Seine qui n'arrête pas de monter, la Seine qui se surprend elle-même à se surpasser. « Le Zouave du pont de l'Alma doit avoir les pieds propres, rigolent les béotiens. – C'est normal, disent les spécialistes, Paris est une cuvette. »

Impériale, auguste et solennelle, Marie-Pierre Planchon, délivrant ses oracles, traverse les couloirs de Radio France avec l'autorité tranquille de celle qui sait. Près d'elle, on remarque les jambes qui flageolent et les bouches qui s'assèchent et les regards qui se baissent. « Marie-Pierre, dis-nous, faudra-t-il porter les caleçons en molleton ? Faudra-t-il garder ses chaussettes pour dormir ? » Marie-Pierre est une pythie, c'est une sibylle, on attend ses prévisions avec désir et inquiétude, avec appréhension et espérance. Depuis si longtemps qu'elle fait la pluie et le beau temps à France Inter, on se dit qu'elle fait aussi la neige qui tombe et les bourrasques qui soufflent et les cyclones qui emportent tout et la rafale d'orage et l'aurore boréale et le blizzard curieux et le cisaillement des vents.

Et quand elle arrive, majestueuse et olympienne, une viennoiserie à la main, personne n'aurait l'idée vulgaire de murmurer : « La pythie vient en mangeant » tant elle inspire la crainte et le respect et la supériorité de la connaissance.

Marie-Pierre Planchon daigne poser enfin un regard sur nos vies ridicules, nos existences sous dépression, elle dit, impénétrable et sibylline : « Une nouvelle perturbation arrivera de l'ouest tandis que descendra le mercure… »

Alors à genoux, on prie le ciel, on ferme les yeux et l'on écoute dévotement, scrupuleusement, la dernière chanson de Juliette, la merveilleuse, l'inspirée, l'insensée, logiquement dédiée à Marie-Pierre Planchon.

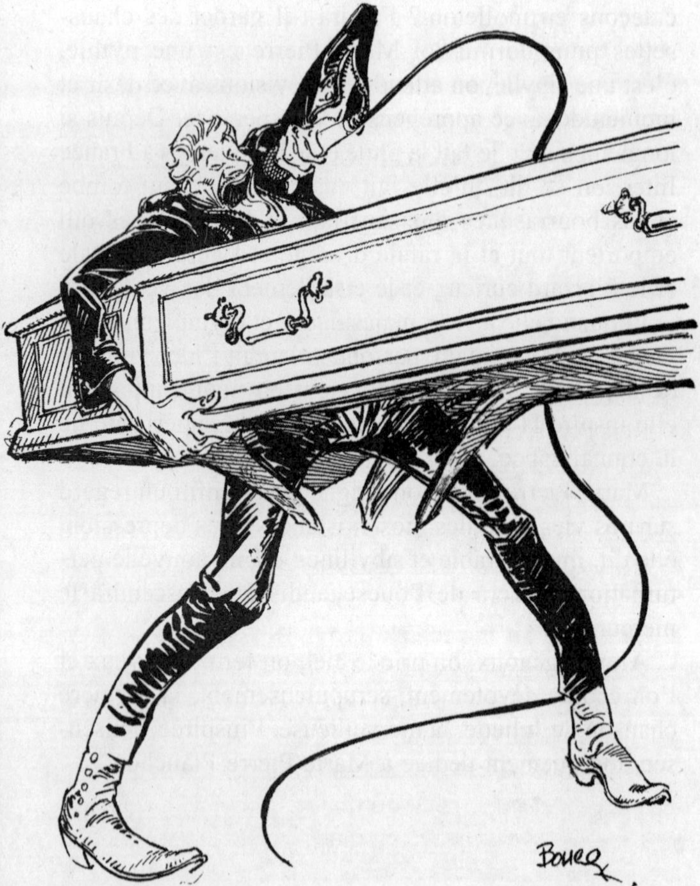
Merci Johnny.

Merci, Johnny

16 février 2018

Merci, Johnny.

Respect, reconnaissance infinie.

Ça ne s'arrêtera jamais. C'est ça qui est bien. Le feuilleton est interminable. Les scénaristes de *Plus belle la vie* sont dépassés, surpassés, la réalité dépasse la fiction, la matérialité dépasse l'affliction.

Bravo, Johnny !

On aurait pu croire que la poule aux œufs d'or en exclusivité allait décéder. Ça aurait été dommage. Ça aurait été ballot. Eh bien non, la poule est un phénix, elle s'est foulé la patte, on la croyait à terre, mais voilà qu'elle se relève, elle s'ébroue, elle se secoue les plumes et puis, plus frétillante, plus énergique que jamais, la revoici, elle remonte sur ses ergots et elle pond un œuf, un nouvel œuf, un œuf tout neuf.

Décidément, les années Johnny ne sont pas mortes, les années Johnny jamais ne mourront. Ses mariages, ses amours, ses copains, ses départs, ses retours, ses traversées du désert, ses rentrées triomphales, ses enfants, ses adoptions, sa solitude, sa vie de famille, ses vacances, ses déménagements, la Suisse, Los Angeles, sa maladie avaient alimenté la presse pendant de belles années.

On avait cru que sa mort serait le point d'orgue. On s'est agité. Suppléments et numéros spéciaux en tout genre se sont multipliés, comme un baroud d'honneur, comme un point final lucratif avant le silence et la paix éternelle.

Ça aurait été tellement dommage. Vous imaginez le manque à gagner ?

Eh bien, non, ouf, le nouvel épisode : les enfants sont déshérités, la veuve est écœurée, écœurée qu'elle puisse avoir à partager.

Formidable ! Les Atrides, à côté, c'est les Bisounours. Déshériter ses enfants, c'est une idée merveilleuse, ça va permettre de relancer la machine au moins pendant dix ans. La guerre entre la veuve et les orphelins (quoi de plus émouvant ?), entre les anciens enfants et les derniers enfants. Les déclarations des anciennes épouses seront à nouveau citées, si chacun fait un effort, si chacun y met du sien, franchement, ça peut être formidable ! Rachida Dati aura forcément quelque chose à dire, ça peut être merveilleux.

Ça ne s'arrêtera jamais. Il ne faut pas baisser les bras, ne jamais se dire que l'histoire est finie. Encore et encore, il faut faire preuve d'imagination. Des coups de théâtre, des revirements. Les amours secrètes de Johnny, les enfants cachés de Johnny. Il faut y penser, même si sur le plan financier ça ne semble pas forcément intéressant, il faut penser à aller déterrer régulièrement Johnny à Saint-Barth, comme ça, pour vérifier son ADN, pour le plaisir, pour pouvoir exposer et vérifier sur papier glacé l'évolution de son cadavre, et sortir les histoires les plus inattendues, son mariage secret avec Yvette Horner, ses cinq à sept avec Bernadette Chirac, sa liaison avec Michel Sardou, ses amours avec Gérard Larcher, il ne faut pas avoir peur, il faut faire fort, chaque semaine, pour que ça ne s'arrête jamais.

Et si, la semaine prochaine, on commençait par un peu de douceur, une tentative de réconciliation, l'expression de votre bonne volonté, Lætiticia.

Allez, soyez cool, pour Laura, la pochette dédicacée du 33 tours, pour David, un blouson en cuir.

Relances

(avec la complicité de Nicolas Demorand)

23 février 2018

Nicolas : Bonjour François Morel, on me dit que vous êtes aujourd'hui un peu ronchon…

François : Ah non, pas spécialement…

— Je ne sais pas… C'est ce qu'on m'a écrit pour introduire votre chronique…

— À mon avis, c'est une phrase qui a été utilisée pour lancer Nicole Ferroni il y a quelques semaines. Ça doit être un bug informatique…

— C'est possible.

— Je sais que moi, en plus, je ne vous dis jamais comment me lancer.

— Oui, ça m'a un peu surpris.

— En général, vous avez vu, je me débrouille tout seul, par exemple, je ne vous demande pas non plus de relances au milieu des papiers, comme le font Dominique Seux ou Thomas Legrand. D'ailleurs, j'ai entendu dire que vous n'aimez pas trop ça, les relances écrites par les chroniqueurs eux-mêmes et que vous avez la charge de dire, un petit peu dans l'esprit de leur servir la soupe.

— En effet, François, je ne suis pas fou des relances.

— C'est pourquoi, vous avez remarqué, Nicolas, je ne vous en demande jamais.

— Et c'est tout à votre honneur, François. Alors, de quoi allez-vous nous parler aujourd'hui ?

— Ça c'est pas une relance. C'est la phrase d'introduction de ma chronique ?

— En effet, votre chronique n'ayant pas encore commencé, il est normal que je vous donne la parole afin que vous puissiez la lire.

— Très bien, alors je commence… Soyons le moins polémique possible. Ne jetons pas de l'huile sur le feu. Comment dire les choses le plus sobrement possible ?

— Ah François, j'ai l'impression que vous avez décidé de nous parler des propos de Laurent Wauquiez dont les conséquences dans le landerneau politique ne sont sans doute pas terminées.

— Ah non, pas du tout.

— Excusez-moi, je croyais…

— C'est-à-dire que si vous n'aimez pas trop la pratique des relances au sein des papiers des chroniqueurs et que vous en faites quand on ne vous en demande pas…

— Excusez-moi, François, moi je lis ce qu'on me donne à lire…

— Oui, d'accord, mais enfin, là, vous voyez bien que vous ne m'avez pas relancé, vous m'avez arrêté dans mon mouvement pour me diriger vers le sujet qui a alimenté déjà bon nombre de commentaires, les déclarations volées de Laurent Wauquiez et ses ramifications.

— Visiblement, François, les conséquences dans le landerneau politique des propos de Laurent Wauquiez ne sont pas terminées…

— Euh, en effet, Nicolas… Notamment cette phrase de Nicolas Sarkozy : « Beaucoup de monde me disait que tu n'étais qu'une grosse merde. Aujourd'hui, je n'ai d'autre choix que de penser comme eux. »

— Une phrase, François, pleine de sous-entendus…

— Euh ben non, pas spécialement, elle est assez directe comme phrase. Je ne vois pas où vous voyez des sous-entendus. Il aurait pu évidemment dire la même chose dans un style plus poétique :

« Beaucoup de monde hier te nommait grosse merde
Et tandis qu'aujourd'hui seul face à la mer de
Sable apaisé confiant et toujours amoureux
Je n'ai pas d'autres choix que de penser comme eux ».

— Ah, François, l'information supplémentaire que vous apportez ce matin serait que l'ancien président Sarkozy se serait rendu à la Mer de Sable.

— J'en sais rien, je vais vous dire franchement, c'était essentiellement pour la rime « mer de ».

— D'accord, François. Alors de quoi allez-vous nous parler ce matin ?

— Je vous dirai ça la semaine prochaine. Je referai une chronique comme d'habitude, mais cette fois, sans relances…

Gourbangouli Berdimoukhamedov

2 mars 2018

Soyons le moins polémique possible. Ne jetons pas de l'huile sur le feu. Comment dire les choses le plus sobrement possible sans se faire accuser de réactionnaire vendu à l'industrie automobile : mais la circulation dans Paris n'est pas toujours facile, facile… Attention, ne pensez pas que je sois un opposant obtus et systématique à Mme Hidalgo, non… Je comprends bien que comme dans toutes les grandes capitales, il faut réduire le nombre de voitures afin de diminuer et la circulation et la pollution. Je comprends bien. Je dis juste, quand même, des fois, c'est un petit peu énervant, ça ne circule pas tellement bien dans Paris. Voilà. C'est tout. Vous habitez place Clichy, vous avez un ami qui habite à Rome ou à Berlin, vous lui dites : « Veux-tu venir manger à la maison, ce soir, vers 8 heures ? — Avec plaisir ! J'aurai peut-être un peu de retard, je passe voir ma sœur qui habite Francfort. — Pas de problème, de toute façon, j'ai mon cousin qui arrive de Montréal, il n'arrivera pas non plus de bonne heure, il veut passer prendre de l'huile d'olive à Nice où il connaît un petit commerçant… » En revanche, vous êtes claustrophobe ou vous êtes atteint de phobie métropolitaine, vous habitez place Clichy, vous avez un ami qui habite place d'Italie, le mieux c'est de se parler par Skype. Ou de l'inviter pour une période plus longue, que ça vaille vraiment le coup, une semaine ou quinze jours pendant les vacances. « Viens, on ira à pied jusqu'au cimetière Montmartre, on passera à la Librairie de Paris, et le soir on ira boire un mojito vers les Batignolles… »

Pourquoi ne pas s'inspirer d'expériences qui se font à l'étranger, comme le suggère un article récent paru dans *Le Monde*. À Achgabat, la capitale turkmène, on a trouvé des solutions. Le Turkménistan est dirigé par le sémillant Gourbangouli Berdimoukhamedov qui aime beaucoup la couleur blanche. Mais vraiment beaucoup. Au point d'interdire l'importation de voitures noires et la circulation de toutes les voitures sombres. Vous garez votre voiture précautionneusement sur un parking, comme il faut, sur une vraie place, vous mettez l'argent nécessaire, eh bien, vous pouvez la retrouver à la fourrière sous prétexte qu'elle n'est pas blanche. Pour la récupérer, ce n'est pas compliqué, il suffit d'apporter un document qu'on va chercher chez un garagiste afin de promettre que la voiture dans les plus brefs délais sera repeinte en blanc. On pourrait très bien à Paris décider que désormais seules les voitures vert pistache ou rose bonbon seraient autorisées à rouler. Une façon de fluidifier la circulation tout en apportant une note festive à la capitale.

Une autre loi officieuse du Turkménistan interdit aux femmes de conduire. Ce n'est pas encore écrit dans la loi car on ne s'embarrasse pas systématiquement là-bas de complications administratives, mais une femme qui est au volant se voit immédiatement confisquer sa voiture et son permis de conduire.

En revanche, en Arabie saoudite, on vient d'autoriser les femmes au volant. Il ne faudra pas s'étonner si la circulation devient impossible dans les rues de La Mecque ou de Riyad…

Vous êtes actuellement dans les embouteillages, profitez-en pour solliciter votre mémoire, votre élocution…

Gourbangouli Berdimoukhamedov, Gourbangouli Berdimoukhamedov, Gourbangouli…

On va réfléchir

9 mars 2018

Je voudrais revenir ce matin sur l'interview que Mme Françoise Nyssen, ministre de la Culture, vous a accordée mercredi dernier, Nicolas, afin de proposer, trois jours après, une analyse qui a pu prendre le temps de la réflexion sur tout ce qui a pu être annoncé et définir ainsi ce qu'est, ce que doit être, ce que sera la politique culturelle du gouvernement Macron.

Je m'exprimerai, évidemment, et, vous vous en doutez bien, avec la plus grande bienveillance vis-à-vis du pouvoir en place puisque, en tant que salarié du service public, après avoir servi de mon mieux les présidences de MM. Sarkozy et Hollande, je suis aujourd'hui entièrement dévoué, et c'est bien naturel, à la cause du président Macron.

La culture, on le sait, est un enjeu crucial pour le gouvernement, et je dirais même un enjeu symbolique. J'en veux pour preuve la prestation à l'Élysée du président Macron qui, à l'instar des plus prestigieux acteurs de France, s'est produit en tant que récitant de *Pierre et le Loup*. Quel plus beau symbole de l'excellence en matière de recherche d'équilibre de la politique culturelle que de voir ce jeune président se colleter avec l'œuvre de Prokofiev en donnant lui-même de sa personne, tout en faisant l'économie d'un cachet qui aurait pu faire le bonheur provisoire d'un intermittent du spectacle ?

Bien sûr, monsieur Demorand, la culture n'est pas l'unique préoccupation d'Emmanuel Macron, même si, et mesurez bien l'étendue de mes propos, monsieur Demorand, la culture fait partie de la vie, comme la vie fait partie de la culture.

Ce matin même, vers 7 heures et quart, le président, et c'est un autre très beau symbole, a pris un Efferalgan vitamine C afin de soigner une migraine passagère. Le président, et c'est important, et c'est essentiel, a voulu ainsi montrer l'attachement de la nation tout entière à une politique médicale qui serait à la fois ambitieuse mais basée sur la recherche de solutions thérapeutiques qui puissent répondre aux attentes de chaque Français car les Français, monsieur Demorand, ne vous déplaise, souhaitent qu'une politique médicale à la fois puisse juguler les dépenses tout en maintenant le remboursement des prestations de manière satisfaisante.

Eh bien, pour cela, monsieur Demorand, croyez-le bien, le gouvernement ne fera pas l'impasse sur ses responsabilités et saura définir en temps voulu la politique qui sera la sienne.

Mais revenons à Mme Nyssen, à la culture, à mercredi dernier…

Ses propos étaient très attendus puisque de nombreux dossiers sont en chantier, l'avenir du service public, le statut d'écrivain, la destination du passeport culturel, les différences de traitement entre les femmes et les hommes dans les milieux culturels. Mme Nyssen a été très claire. Elle a dit qu'il fallait réfléchir, que ces sujets étaient en réflexion. Mais je ne voudrais pas trahir la pensée pointue de Mme Nyssen et je vous propose d'écouter les principaux points forts de cette interview…

(Françoise Nyssen :) « Il faudra réfléchir. Il faudra réfléchir. L'idée, c'est de réflé…, d'imaginer, on peut réfléchir, tout ça est à mettre en place et en réflexion. Les Français le savent, c'est qu'on réfléchit à réfléchir. Sincèrement, depuis le début, on a réfléchi. Tout ça est à l'étude. L'important, c'est de réfléchir, et de réfléchir à réfléchir.[1] »

Alors, bien sûr, les esprits chagrins, et j'en connais, pourraient faire entendre que l'on aurait pu réfléchir avant, que ce n'était pas forcément la peine de se déplacer jusqu'au studio de France Inter si c'était juste pour dire qu'on allait réfléchir, qu'on était en réflexion. Eh bien, monsieur Demorand, on ne saurait trop engager l'opposition elle-même à entrer en réflexion, dès que possible, afin de passer à l'action, dès qu'elle sera aux affaires et permettre ainsi un grand chantier de réflexion sur ce que doit être une réflexion gouvernementale.

---

1. Montage (particulièrement malhonnête) de paroles prononcées par Françoise Nyssen, ministre de la Culture, lors du « Grand Entretien » de Nicolas Demorand dans la matinale, diffusé sur France Inter le 7 mars 2018.

Partis pris

16 mars 2018

Depuis quelques années en France la plupart des partis ont changé de nom.

« Pourquoi un parti change-t-il de nom ? » me demande tacitement Sonia Devillers avec ce regard muettement autoritaire qui m'oblige à répondre. Eh bien, Sonia, en général un parti change de nom parce qu'il a fait jusque-là des mauvaises affaires. Oui, si une marque est bonne, on ne va pas s'amuser à changer de nom. Surtout que généralement quand elle change de nom, les clients continuent à se servir de l'ancien nom. Papa évoquait toujours le Printania, rue du 6-Juin à Flers : « Maman, y a plus trop de papier aux cabinets, faudrait que tu passes à Printania », alors que c'était devenu un Prisunic depuis belle lurette. « Belle lurette » étant une expression qu'on utilisait du temps où il y avait encore des Printania.

À droite, le parti Les Républicains, dans les années précédentes, a pu s'appeler l'UMP, le RPR, l'UDR, l'UNR, les RS, l'URAS, le RPF. À chaque nouvelle tête de gondole, à chaque casserole, un coup de ripolin et hop ! le parti devenait tout joli, tout beau. La différence entre le RPF du général de Gaulle et Les Républicains de Laurent Wauquiez, je résume, est que le général de Gaulle avait l'ambition de créer une nouvelle voie entre capitalisme et collectivisme tandis que Laurent Wauquiez trouve en gros qu'on embête trop les automobilistes et pas assez les migrants.

Les partis fascistes français, comme le Parti populaire français de Jacques Doriot ou le Rassemblement national populaire de Marcel Déat, pendant des années ont été un peu mis de côté car on a pensé que l'idée de la collaboration avec Adolf Hitler n'avait pas tenu toutes ses promesses et n'avait pas présenté que des aspects positifs. Suite aux millions de morts dont ils avaient été victimes, les Juifs, on s'en souvient, avaient une tendance à systématiquement dénigrer le nazisme avec une sorte d'entêtement qui frisait parfois le parti pris.

Aujourd'hui que tout cela est de l'histoire ancienne, pourquoi ne pas reprendre les anciennes recettes puisqu'elles ont été si désastreuses ?

Les partis politiques étant si déconsidérés, il est préférable de ne plus citer le mot « parti ». Au Parti socialiste, on est embêté car on supprimerait bien « parti » mais « socialiste » n'a pas non plus une super cote, ce qui fait qu'on pourrait appeler ça le LDRODGEDFDGQMPLPRARAPEEDFMLPFCESMSNPCJTCQAEF, « le lieu de réunion où des gars et des filles de gauche quand même pour la plupart réfléchissent à revenir au pouvoir en essayant de faire mieux la prochaine fois c'est sûr mais sans non plus complètement jeter tout ce qui a été fait »…

Ou alors, prendre une expression positive, qui ne veut pas dire grand-chose, mais qui donne l'illusion de la nouveauté. N'importe quoi, ce que vous voulez : « En avant », « En selle », « À cheval », « Hardi petit », « Tout droit », « Droit devant », « À toute vitesse », « À fond de train ».

Comme ça, si jamais une de ces expressions faisait florès, vous pourriez prendre le train.

En marche.

Le chat Choupa est de retour

23 mars 2018

J'ai décidé aujourd'hui, tout simplement, de proposer une petite séance de rattrapage, étant donné qu'hier vous n'avez pas pu profiter de toutes les actualités du jour à cause de la grève, je tenterai ce matin de vous faire un bref résumé de ce qui s'est passé lors de cette journée qui a dû se dérouler sans vos habituels grands rendez-vous avec l'information.

Je vous rassure tout de suite, vous n'avez pas raté grand-chose.

Hier a été une journée assez calme, dans l'ensemble. Une grande marche a été organisée dans Paris qui a permis à beaucoup de Parisiens, de banlieusards et de provinciaux de pouvoir profiter de la capitale sans voitures et puis, oui, ça c'est assez important, un ancien président de la République a été mis sous les feux de l'actualité. M. Giscard d'Estaing est allé chez son dentiste pour un détartrage. Une petite carie sur une prémolaire a été remarquée, mais rien de grave, puisqu'elle aura été, heureusement, soignée à temps.

Et puis, la principale information, naturellement, c'est le retour de Choupa. Choupa est ce chat tigré qui avait fugué, on s'en souvient, il y a onze ans, et qui a regagné son foyer à Villeneuve-sur-Verberie, dans l'Oise. Un auditeur me reprochait récemment de faire du parisianisme, j'espère qu'il ne m'accusera pas ce matin de faire du villeneuvesurverberisme, mais il faut traquer l'information partout et notamment là où elle se trouve.

C'est à Beauvais que toute l'affaire avait commencé. Un rappel des faits. Une visite chez les grands-parents, des chiens qui aboient, une cage mal fermée, l'enchaînement des catastrophes et tout à coup, le drame, la fuite et la disparition de Choupa. Onze ans d'absence. Onze ans d'absence pendant lesquels Léa, 10 ans, et Lise, 3 ans, à l'époque des faits, ne reverront pas Choupa. Aussitôt, des tracts, des affichettes, on ne l'a pas oublié, collées dans le Beauvaisis, chez les commerçants, dans les boulangeries, sur les murs, sur les gouttières avaient été collés : « Recherche Choupa, joli chat tigré », avec un numéro de téléphone, celui des parents de Lise et Léa. Mais le silence, l'angoisse, l'inquiétude et l'obligation, pour Lise et Léa, de se reconstruire pendant ces onze années, en adoptant d'autres animaux de compagnie, et tenter de pallier l'absence de Choupa.

Et puis, coup de théâtre, en septembre dernier, oui, c'était en septembre dernier mais je vous dis l'information était faible hier, le téléphone sonne. « Connaissez-vous un chat appelé Choupa ? » Deux jours plus tard, récupération de Choupa.

Et là, des questions.

Comment revient-on d'une telle escapade ? Quelle place faire à Choupa, revenu après onze ans d'absence ? Et si Choupa n'était pas Choupa ? On pense évidemment à l'affaire Martin Guerre. Et si Choupinette, Minouchette, Mistigri, pour de sombres raisons, avaient volé l'identité de Choupa ? Non, grâce à la puce posée chez le vétérinaire, on peut affirmer que Choupa est bien Choupa.

Voilà ce qu'on pouvait dire de l'actualité. Si quelque chose d'autre me revient, je pourrai intervenir dans la matinée ?

les gendarmes s'endorment sous la plume

Les gendarmes s'endorment dans la nuit

30 mars 2018

C'était dans les années 1930, une petite Juive prénommée Mireille, mutine, espiègle et vaporeuse, sur des paroles de Jean Nohain chantait une histoire d'œufs et de gendarmes : « Ne croyez pas que les gendarmes soient toujours des gens sérieux / Mais non mais non mesdames, mais non mais non messieurs ».

Les gendarmes en ce temps étaient regardés avec amusement. Quand ils roulaient sur des vélos, on les appelait les hirondelles. Les gendarmes, c'était l'autorité de proximité, nécessaire et inoffensive.

Le gendarme faisait peur aux enfants qui dans la cour de récréation préféraient toujours être les voleurs. Mais ce sont les gendarmes qu'on convoquait quand ils ne voulaient pas s'endormir. Des gendarmes, pas si efficaces, des croquemitaines domestiques, des ogres amicaux, des monstres sympathiques.

On riait du gendarme. Charles Trenet en imaginait un transformé en âne bleu et un âne transformé en gendarme gras sans que personne s'aperçoive du changement. On rigolait. On s'amusait. Sans doute ne pensait-on pas le monde si dangereux.

Dans les années 1950, un anar à moustaches bouffait du curé, du juge et du gendarme. Dans *Hécatombe*, au marché de Brive-la-Gaillarde, il évoquait ces gendarmes « mal inspirés [qui] vinrent pour tenter l'aventure d'interrompre l'échauffourée » et constatait que « dès qu'il s'agit de rosser les cognes, tout le monde se réconcilie ».

Et Charles Trenet, encore lui, rêvait de gendarmes poétiques, éthérés.

Les gendarmes s'endorment sous la pluie
Dans un paysage de campagne
Les gendarmes s'endorment dans la nuit
Dans un paysage de montagnes…

Aujourd'hui, la fureur anarchiste de Brive-la-Gaillarde est loin. Tout le monde ou à peu près se réconcilie autour de la figure d'un gendarme héroïque et courageux auquel les gens de bien pensent avec émotion, gravité, reconnaissance, respect. Un gendarme, Arnaud Beltrame, a sacrifié sa propre vie pour celle des autres.

Bourvil expliquait que « la ta-ca-ta-ca-tique du gendarme c'est d'être toujours là / Quand on ne l'attend pas »… « Des gens disent que les gendarmes / Lorsqu'on a besoin d'eux, ils n'sont jamais là. » Mais à Trèbes, le gendarme était là. Et pas qu'un peu.

Quand un gendarme rit
Dans la gendarmerie

Tous les gendarmes rient
Dans la gendarmerie.

On voudrait rire encore du gendarme, mais on ne peut plus. On aimerait se moquer du gendarme, mais on n'en a plus le cœur.

« Rendez-nous la lumière, rendez-nous la beauté… » On voudrait ajouter des paroles à la chanson de Dominique A… Rendez-nous l'insouciance, rendez-nous la légèreté…

Le coûteux voyage de la Joconde

6 avril 2018

Quelle ne fut pas ma stupéfaction d'apprendre par *Le Parisien* du 3 avril que le déplacement de la Joconde coûterait 30 millions d'euros pour aller de Paris à Lens ! 30 millions d'euros, vous vous rendez compte ! Je sais bien que Mona Lisa n'est pas toute jeune, 500 ans ça commence à faire, mais pour une personne, même à mobilité réduite, le coût me paraît astronomique. 30 millions pour 204 kilomètres, c'est évidemment beaucoup trop. Ça fait…, j'ai regardé sur ma calculette, plus de 147 000 euros le kilomètre, c'est excessif ! Ah ben si, j'ai regardé, c'est encore plus cher que le TGV.

Je pense qu'on peut trouver d'autres solutions plus raisonnables si on veut que la Florentine fasse du tourisme dans le Pas-de-Calais.

Je connais un petit peu Line Renaud. Attention, je ne dis pas qu'elle a le même âge que Mona Lisa, mais en gros c'est la même génération, je crois même que Line a fait du baby-sitting pour Mona quand elle était toute petite, bon, eh bien Line, quand elle fait la promotion des *Ch'tis*, qu'elle part à Lens, à Lille, à Roubaix, à Armentières, son déplacement coûte pas 30 millions d'euros.

Même si, et Line me l'a confirmé, voyager dans le Nord, ce n'est pas de la tarte au maroilles... Il faut qu'elle prenne une assurance, une vitrine spéciale pour s'exposer à côté de Dany Boon dans une ambiance garantissant une stabilité de température et puis une caisse spéciale, c'est-à-dire une berline de qualité, absorbant au maximum les vibrations sur les routes dues en particulier aux ralentisseurs et aux nids-de-poule. Line m'a assuré que par ailleurs elle exigeait un approvisionnement en genièvre pur malt et chuche mourette, ce qui correspond à un budget supplémentaire conséquent par rapport à la Joconde qui, elle, ne boit plus.

Quand même, 30 millions d'euros, c'est très onéreux. Je pense qu'il y a moyen de faire moins cher. J'ai un beau-frère, chef de chantier, qui a la carte Kiloutou pro, c'est-à-dire qu'il peut profiter d'une remise jusqu'à 30 % sur tout ce qui est matériel. Peut-être que déjà on peut passer par lui pour louer tout ce qui est cimaises, emballages et voitures de location... 2, 3 millions d'économie par-ci, par-là en période de vaches maigres, ce n'est pas à négliger.

Mais, on va me dire, c'est pas tellement ça, c'est aussi que la Joconde qui part sur les routes, c'est bien joli pour les Lensois, mais dans la capitale, c'est un manque à gagner vu que beaucoup de touristes, des Japonais, des Chinois, des Américains, viennent à Paris uniquement pour voir Mona Lisa.

Eh bien, je propose que pendant toute la période où la Joconde sera à Lens, on expose Line Renaud dans la salle 6 du premier étage du Louvre. Son sourire est peut-être moins énigmatique que celui de la Joconde mais il est quand même plus festif.

Qui a tué le correcteur ?

27 avril 2018

Cette semaine, une partie de la France est partie en vacances. Pour certains vacanciers, c'est l'occasion de lire. Par exemple, un livre policier, le dernier Joël Dicker, pourquoi pas ? *La Disparition de Stephanie Mailer*.

Si vous l'avez déjà acheté, j'espère pour vous que vous ne vous êtes pas précipité dessus dès sa sortie et que vous n'êtes pas tombé sur l'un des 300 000 exemplaires de la première impression du livre où une erreur apparaît page 626, ligne 2, concernant le nom du meurtrier qui n'est pas le bon. Ce qui fait que le lecteur est comme une poule devant un Opinel page 626, ligne 2. Parce que quand vous vous tapez 2 lignes plus 626 pages pour qu'on vous trompe sur l'identité de l'assassin, c'est quand même un petit peu ballot…

Donc, si vous n'avez pas encore acheté le livre, demandez bien à votre libraire s'il ne s'agit pas de la première impression du livre.

Les Éditions de Fallois ne se sont pas gênées, elles ont écoulé les 300 000 premiers exemplaires, n'ont pas prévenu les libraires, qui sont quand même les premiers contacts des lecteurs, et se sont juste fendues d'un discret *erratum* sur leur site en bas de l'article consacré au dernier livre de Joël Dicker.

Le patron des Éditions de Fallois répond à la critique en sollicitant Marcel Proust et les inadvertances célèbres de la littérature : « Proust ne décrit-il pas dans *La Prisonnière* la mort de Bergotte qui renaît de ses cendres un peu plus loin ? »

Certes, mais l'importance du dénouement de l'histoire chez l'un et les méandres du style et de la mémoire chez l'autre font que Joël Dicker et Marcel Proust sont des écrivains qu'il n'est pas si difficile de différencier même quand on n'est pas détenteur d'un master en littérature comparée.

« La disparition du correcteur ». Ça pourrait être le titre d'un thriller. Précarisé, ubérisé, le correcteur est l'objet d'une traque infernale. Une sordide histoire d'argent, un assassinat programmé, assumé, délibéré, qui ferait que l'intérêt de la lecture ne serait plus de découvrir l'identité de l'assassin mais de s'amuser à débusquer toutes les fautes, erreurs, bévues qui jalonneraient le récit suite à la disparition du correcteur.

Il y a peu, figurez-vous, j'ai pris une semaine de vacances et j'en ai profité pour lire le livre de Philippe Lançon *Le Lambeau*. Du point de vue de l'énigme policière, c'est nul, archinul. On comprend quasiment dès le début qui sont les meurtriers. Aucun suspense.

À part ça, c'est un livre magnifique, curieusement doux, consolateur, où Bach, Chloé la chirurgienne,

Proust justement, qu'on aurait tort de confondre avec Joël Dicker, apparaissent comme des médecins du corps et de l'esprit.

Récemment, j'entendais le subtil Vincent Delerm trouver idiote cette mode langagière qui consiste à dire « c'est une tuerie ! » pour parler d'un film, d'un livre qu'on trouve formidable. Quand j'ai lu *Le Lambeau*, je me suis dit que Vincent avait particulièrement raison.

Vive les ponts !

4 mai 2018

Comment aborder ce mois de mai et profiter au maximum des ponts que nous offre notamment la religion catholique, dont on peut dire tout ce qu'on veut mais qui est quand même inégalable en ce qui concerne la gratification de jours de congé supplémentaires qui font quand même plaisir, par exemple, quand on aime bien rien foutre ?

Ascension, Pentecôte, lundi de Pentecôte. Je m'adresse aux sectaires séculiers, aux profonds profanes, aux sceptiques convaincus, la religion n'a pas que des défauts et c'est juste de le reconnaître. On critique, on critique, mais les cadeaux à Noël, les œufs en chocolat à Pâques qu'on cache dans les arbres, sous la tondeuse, derrière Simplet parmi les hortensias, il n'y en a pas beaucoup qui sont contre.

Alors, pourquoi ne pas dire : vive la religion quand elle permet de traîner au lit, avec son doux, avec sa douce, ou encore avec les mots croisés du *Monde* de Philippe Dupuis !

L'Ascension, souvenez-vous, a lieu quarante jours après Pâques. Bref rappel des faits. Après sa résurrection, Jésus monte au ciel. Il n'est plus présent sur terre mais à travers les sacrements.

La Pentecôte, je ne vous l'apprends pas, a lieu cinquante jours après Pâques, c'est la venue du Saint-Esprit sur les apôtres, sur Marie, qui donne la mission de l'Église : annoncer la bonne nouvelle de la résurrection de Jésus.

C'est par ailleurs la fin de la période pascale.

Qu'est-ce que Pâques ? Je vous pose la question. Thomas Legrand ? J'ai tout mon temps… Pâques est la commémoration de la résurrection de Jésus. Et pas seulement la fête à la Maison du chocolat, Nicolas Demorand.

On continue les révisions.

Quid du lundi de Pentecôte, jour férié depuis le Concordat de 1801, qui a survécu à beaucoup de choses, à beaucoup d'événements, de révolutions, de scandales, de républiques diverses, qui a subsisté après la séparation de l'Église et de l'État de 1905 mais qui a manqué définitivement périr sous Jean-Pierre Raffarin de 2004 (« notre route était droite mais la pente était forte »), le lundi de Pentecôte devenant une journée de solidarité envers les personnes âgées, jusqu'en 2008, où la situation devient plus complexe, le lundi de Pentecôte étant désormais férié, ouvré, solidaire, selon les branches, les entreprises, les humeurs. Avec véhémence, je dis qu'il ne fallait pas toucher au lundi de Pentecôte, symbole de l'œcuménisme le plus flamboyant ! Au Sénégal, pays à 95 % musulman, le lundi de Pentecôte est férié.

Mais les ponts ne sont pas seulement religieux. Le 1er Mai, qui fête le travail et les travailleurs, est passé, mais arrive, pas plus tard que dans quatre jours, le 8 Mai et la victoire de 1945.

Entre 1975 et 1981, le président Giscard d'Estaing avait odieusement supprimé cette commémoration, soi-disant pour marquer son attachement à la construction européenne, ce qui avait énormément désolé, choqué, offusqué les Français qui par mesure de rétorsion ont décidé de ne pas réélire le grand chauve de Chamalières pour mettre à sa place François Mitterrand qui aussitôt, dans un geste réparateur, fit oublier sa francisque en rétablissant justement la commémoration du 8 mai 1945.

Si M. Macron a le projet de se faire réélire dans quatre ans, qu'il ne s'aventure surtout pas à vouloir supprimer un de nos jours fériés qui véritablement font partie du patrimoine immatériel de l'humanité française.

Au contraire, il reste encore des week-ends sans pont, notamment au mois de mai mais encore pendant tout le restant de l'année. Je propose que désormais, à chaque dimanche soit associé un pont. Un pont bien enraciné sur nos fondations communes. Un pont victorieux sur nos conquêtes à venir. Car qu'est-ce qu'un pont sinon une construction permettant de franchir un obstacle ou une dépression ? Qu'est-ce qu'un pont sinon la promesse de réconciliation et d'échanges et de rapprochements et de mouvements et de voyages ? Qu'est-ce qu'un pont sinon l'expression du génie civil afin que se rejoignent les oppositions dans une perspective harmonieuse et apaisée ?

Vive la République ! Vive la France ! Vive les ponts !

Le printemps indien

11 mai 2018

Je n'assurerai pas cette semaine ma chronique humoristique hebdomadaire. Non, car aujourd'hui, j'ai décidé d'embrasser l'Histoire. J'ai choisi d'étreindre la réalité politique la plus récente. Je me contenterai en effet de lire un document que j'ai réussi à intercepter. Plus exactement une lettre que j'ai pu avoir en ma possession. Encore plus précisément le brouillon d'un courrier retrouvé dans la corbeille du président de la République.

Je ne vous dirai certainement pas comment j'ai réussi à l'obtenir. La protection de mes sources d'information, monsieur Fauvelle, est, ne vous déplaise, irréfragable, indiscutable, irrécusable, elle est garantie par l'article 10 de la Convention européenne des droits de l'homme, elle est la base de la déontologie qui m'est donnée en tant que chroniqueur vedette du service public. Il se trouve par ailleurs que le petit-cousin de ma belle-sœur qui s'est remariée avec un certain Yves Van der Smissen, natif de Bruxelles, après un parcours professionnel mouvementé, est aujourd'hui non seulement philatéliste et sex-addict mais huissier à l'Élysée, responsable parmi d'autres du protocole.

Je me suis, pendant de longues secondes, peut-être huit, peut-être quatre, posé la question de la légitimité dont je pouvais me prévaloir en la matière. Avais-je le droit, m'interrogeai-je, de dévoiler des propos, somme toute, intimes ? Avais-je le droit de divulguer des propos personnels tenus dans un cadre privé ?

On aura le droit de critiquer mon indiscrétion, de blâmer mon impudence, mais j'ai jugé que oui.

J'ai considéré que je devais à mes contemporains la révélation d'une relation certes personnelle mais qui pouvait avoir des conséquences phénoménales sur l'avenir du monde. Je me suis dit également que ça me ferait une chronique toute faite pour un vendredi sans inspiration. Il s'agit d'une lettre adressée à un certain Donald…

(On entend la version instrumentale de « L'Été indien ».)

Donald, mon cœur est gros, mon cœur est lourd, mon cœur est blessé. Je t'écris de France, ce vieux pays que tu connais, ce vieux pays qui sent l'amour et le fromage, le sperme et la fantaisie, l'alcool et les crinolines. Je pense à toi. Tu es si loin... C'était il y a moins d'un mois, et j'étais près de toi, tu étais près de moi. C'était hier, il y a quinze jours, il y a un siècle, il y a une éternité.

Souviens-toi, Donald, souviens-toi nous deux, nos bises, nos étreintes, la main sur le genou, les regards, les clins d'yeux. Tu sais, je n'ai jamais été aussi heureux que ce matin-là. C'était le printemps. Un printemps où il faisait beau. Une saison qui n'existe que dans le nord de l'Amérique. Là-bas, on l'appelle le printemps indien.

Avec ta coiffure peroxydée, tu ressemblais vaguement à une aquarelle de Marie Laurencin revisitée par Jeff Koons pour peu qu'on ait un peu d'imagination. Et puis aujourd'hui, comme une maîtresse déçue tu te retires de l'accord sur le nucléaire iranien. Donald, ta volte-face me fait mal. Tu me sembles si loin. Comme si l'un à l'autre nous étions étrangers. Comme si notre complicité jamais n'avait existé...

C'était hier, c'était il y a un siècle, c'était il y a une éternité. Souviens-toi, tu époussetais de mon veston les pellicules et moi je riais et toi tu riais. Nous étions jeunes. Nous étions fous. Donald, oserai-je te dire que parfois ton affection, presque, me gênait, me faisait rougir. Tu étais à mon endroit plus prévenant que vis-à-vis de Melania. Notre intimité, notre extraordinaire singularité, nous l'offrions à la face du monde, toi le plus grand président du plus grand pays du monde, moi le président le plus jeune, le plus beau, du pays le plus chic, le plus cultivé, le plus sexy.

Donald, nos relations privilégiées seront-elles désormais insuffisantes ? Faudra-t-il abandonner la communication du nouveau monde pour revenir, comme dans l'ancien, aux tristes relations diplomatiques ? Réponds-moi.

Où es-tu ? Que fais-tu ?

Est-ce que j'existe encore pour toi ?

Je regarde cette vague qui n'atteindra jamais la dune.

Tu vois, comme elle, je reviens en arrière.

Comme elle, je me couche sur le sable et je me souviens des marées hautes, du soleil et du bonheur qui passaient sur la mer.

Il y a une éternité, il y a un siècle, il y a un an, il y a quinze jours.

je veux chanter ici sur ma France mère.

Hymne au camembert

18 mai 2018

Je veux chanter ici et sur ma France Inter
La beauté d'un pays, la chance bocagère
D'un produit digne enfant de France et Normandie,
Du pays d'Auge enfin pour être plus précis.
Dans l'Orne exactement un jour Marie Harel
Fit cette découverte étonnante, irréelle
D'un fromage vivant qui chante et qui respire
Comme un baiser volé, comme un éclat de rire
Au milieu des pommiers, des vaches, des prés verts
Un jour heureux naquit le fameux camembert.

Ce matin je serai le chantre du terroir,
Des richesses perdues au fond des territoires.
Que je devienne ainsi et tant pis s'il le faut
Un avatar bobo de Jean-Pierre Pernaud,
Je veux chanter ici avec des trémolos
L'héritage inouï des savoirs ancestraux,
Dire les qualités, les arômes complexes
Qui rendent enthousiaste et quelquefois perplexe

Car il est surprenant et garde ses mystères
C'est pour cela qu'on l'aime aussi le camembert.

Mais le camembert de Normandie AOP
Au lait cru aujourd'hui, sais-tu ? est menacé,
On veut l'assassiner, on veut le sacrifier
Sur l'autel imbécile de la modernité
Dans un monde uniforme hélas on aseptise,
Tout doit se ressembler il faut qu'on pasteurise,
Quand le lait trop chauffé banalise le goût
Ça n'a pas d'importance il faut gagner des sous.
À l'INAO sais-tu que de drôles d'experts
N'ont pas craint de chercher à tuer le camembert ?

Ah les cons, les ringards, les sous-doués, les boloss
Qui n'ont pas défendu ce bon vieux calendos !
Faut-il qu'ils soient crétins, qu'ils en aient une couche
Pour ne pas concevoir que moulé à la louche
Ce fromage n'est pas de quelconque fabrique
Mais qu'il est singulier qu'il est emblématique.
N'importe quel frometon sans bouquet sans saveur,
Vulgaire pâte molle à la triste fadeur,
N'importe quel fromgi quel puant ordinaire
Ne peut pas mériter le nom de camembert.

Mai 68 peut-être attendait une suite
Eh bien décidons-la en mai 2018 !
Lançons tous les pavés que nous pourrons trouver
De chèvre et d'Affinois du Nord et de Roubaix
Contre les tristes trusts agroalimentaires
Il faut se révolter ne pas se laisser faire,
Il faut que raisonnée soit notre agriculture,

Enfin débarrassée de trop de forfaitures.
Dressons des barricades, crions notre colère
Et ensemble sauvons le soldat Camembert !

Un mâle blanc[1]

25 mai 2018

Un mâle.

Un mâle blanc.

Un mâle blanc quadragénaire.

À la présidence de la République a été élu un mâle blanc quadragénaire.

Pour en parler ce matin, un mâle.

Un mâle blanc.

Un mâle blanc quinquagénaire.

Le mâle blanc quadragénaire est président, autant dire représentant de mâles et de femelles, de Blancs et de pas Blancs, d'enfants charmants, de vieux enfants, de vétérans, enfin de gens âgés diversement.

Le président mâle blanc quadragénaire à un mâle blanc sexagénaire toujours fringant (dans « sexagénaire », il y a « sexe », c'est rassurant) commande un plan.

1. Le président Emmanuel Macron avait commandé un « Plan banlieue » à Jean-Louis Borloo, en qualité d'ancien ministre de la Ville. Déposé le 26 avril 2019, il n'a pas été présenté comme prévu initialement le 22 mai 2019.

Et puis, un plan, pour un sexagénaire encore pimpant, tout frétillant, c'est engageant, c'est attrayant, c'est séduisant. Mais…

« Quelque part, ça n'aurait aucun sens que deux mâles blancs, ne vivant pas dans ces quartiers, s'échangent un rapport », a dit le président, qui réclame un plan et sur-le-champ qui le néglige ouvertement, commande un plan, de but en blanc, caduc le rend, c'est saisissant, c'est surprenant.

Peut-être que le mâle blanc quadragénaire de président uniquement trouve convaincants les plans ne regardant que les mâles blancs quadragénaires et résidant rue du Faubourg-Saint-Honoré, 8e arrondissement, ça limite évidemment énormément le nombre de plans à ses yeux intéressants, l'interpellant, le concernant, le captivant.

« Merci beaucoup pour votre plan, merci vraiment, très inspirant pour quand les poules auront des dents », a dit le quadra au sexa, pas trop regardant, pourtant content de faire un plan.

Est-ce trop clivant que d'être blanc ?

Je laisse un blanc.

« Je ne vais pas faire un discours », a dit le président, avant de parler une heure durant.

En même temps, c'est désarmant, déconcertant.

Il est 9 heures, salut les gens, mes compliments, reparlons-nous incessamment, prochainement…

Pour le moment, c'est l'heure du blanc.

Mamoudou Gassama, de Gaulle, et un physique de radio

1er juin 2018

Je reviens ce matin sur l'intervention prétendument héroïque de Mamoudou Gassama. Un sans-papiers devenu gloire nationale du jour au lendemain. Un délinquant en puissance devenu en un tournemain, pour ne pas dire par un tour de passe-passe, brave de la République.

Permettez-moi de douter, monsieur Demorand, même si mes propos viennent un peu troubler la doxa humanitariste, droit-de-l'hommiste dont vous êtes, avec vos camarades réunis, l'un des plus fervents représentants…

Je n'apprendrai rien à ceux qui ne prennent pas pour argent comptant la pensée distillée par la médiacratie ambiante, mais ce n'est pas, bien sûr, la première fois que l'on prend certaines libertés avec la vérité historique…

On le sait maintenant, l'appel du 18 juin 1940 du général de Gaulle incitant les Français à continuer le combat contre les nazis est également un événement monté de toutes pièces par l'entreprise Philips qui alors voulait relancer le marché des postes de radio à lampes en bakélite.

Le général de Gaulle, il faut le savoir, à l'époque n'existait pas. C'est un imitateur, André Tisot, qui était le père d'Henri Tisot, qui a enregistré l'appel du 18 juin. André Tisot, hélas pour lui, avait essentiellement un physique de radio.

Il faut bien se souvenir que c'était avant l'époque contemporaine de la radio filmée. Aujourd'hui, et ce n'est pas difficile de le constater, pour être chroniqueur à la radio, il n'est pas besoin, comme en son temps Philippe Henriot, d'être fin, intelligent, cultivé, d'avoir une voix profonde et sensuelle, il faut posséder un physique avantageux. C'est devenu le seul critère. Que ceux qui ne me croient pas se procurent illico le calendrier 2018 de France Inter qui réunit sur papier glacé les corps outrageusement dénudés des voix célèbres de France Inter dont la plastique musculaire et licencieuse serait capable, hélas, de faire chavirer les esprits les plus vertueux. J'attirerai particulièrement l'attention sur le mois d'avril, où Thomas Legrand s'est découvert de plus d'un fil, et septembre, où le sémillant Dominique Seux n'a pas été économe de ses charmes...

Je signale à ce sujet que Laurence Bloch, directrice de France Inter, qui est en train de concevoir la grille des programmes pour l'année prochaine, reçoit jusqu'à fin juin tous les postulants dans son bureau. Il s'agit d'entretiens qui se font en toute décontraction et en slip. Je le sais. J'y ai moi-même participé, et j'ai été recalé pour des raisons mystérieuses.

Mais revenons à André Tisot qui très vite fut remplacé à l'image par un grand garçon bien bâti de 1,96 mètre qui, toute sa vie, tenta d'imiter la voix sépulcrale, caverneuse et si particulière d'André Tisot dont hérita son fils Henri.

Oui, le général de Gaulle est une pure invention, mais le savent déjà ceux qui ne se satisfont pas de la purée boboïsante que l'on nous sert à longueur de flashs info.

J'ai été heureux de rétablir certaines vérités ce matin, à moins que je ne me sois interrogé sur le sens moral de ceux chez qui l'expression du courage est forcément suspecte.

La frise de Cabu

8 juin 2018

Journal satirique paraissant le mercredi, *Le Canard enchaîné* est dans le fond un plumitif fidèle et affectueux. Cabu, lui, était sans doute le plus grand caricaturiste politique. Chaque fois qu'apparaissait un nouveau visage dans le monde médiatique, les autres dessinateurs attendaient la caricature qu'allait en faire Cabu pour le copier.

Cabu est mort, emportant sa frénésie à dessiner comme on respire, son air de vieil adolescent rieur et tendre mais aux colères intactes.

Chaque semaine pendant des années, Cabu apportait ses nouveaux dessins aux deux rédactions qui l'employaient, *Charlie Hebdo* et *Le Canard enchaîné*.

Charlie Hebdo ne passe plus de dessins de Cabu comme il ne passe plus de dessins de Wolinski, Charb, Tignous, Honoré, mais il a raison, il n'a pas vocation à devenir un journal mortuaire.

Cabu était le seul disparu travaillant au *Canard*, alors chaque semaine depuis ce sinistre mois de janvier 2015, le *Canard* continue de montrer ses dessins à travers une frise de portraits que l'on reconnaît encore, mais pour combien de temps ?

Le monde ne s'est pas arrêté. De nouveaux visages sont apparus. D'autres ont disparu.

Johnny Hallyday est mort.

Michel Rocard est mort.

Jacques Chirac ne va pas très bien.

Bernadette non plus.

Benoît XVI a renoncé à son mandat de pape.

François Fillon est devenu président de la commission constructeurs de la Fédération internationale de l'automobile.

Nathalie Kosciusko-Morizet a rejoint Capgemini aux États-Unis afin d'y diriger l'activité projet et consulting de la division cloud, infrastructure et cybersécurité.

Cécile Duflot dirige une ONG Oxfam France.

Christine Boutin s'est retirée pour une cousinade dans un monastère.

Lionel Jospin est retraité sur l'île de Ré.

François Hollande est auteur à succès.

Julie Gayet vit sa vie de comédienne et productrice.

Barack Obama produit des séries pour Netflix.

Bientôt un enfant curieux demandera : « C'est qui, le monsieur avec la grande bouche ? — Bernard Tapie, répondra le grand-père. — Jamais entendu parler », répondra l'enfant.

« Et celui-là, avec son gros menton ? — Arnaud Montebourg. — … »

L'actualité va vite. Le monde est oublieux. Qui un jour au *Canard* décidera de supprimer la frise de Cabu ?

Cabu était si foisonnant qu'heureusement, il semble toujours vivant. Une exposition à la Comédie-Française jusqu'au 25 juillet : « Cabu, vive les comédiens », et un livre catalogue regroupant plus de deux cents dessins féroces, tendres, admiratifs, enthousiastes, vachards.

Une merveille de justesse et d'insolence.

L'événement mondial est sportif

15 juin 2018

L'événement mondial est sportif, l'événement sportif est mondial. La Coupe du monde de football en Russie personnellement m'enthousiasme et me passionne et me ravit et m'enflamme et m'embrase et m'électrise et m'excite comme une puce et comme vous ne pouvez même pas imaginer ; à tel point que je me demande si cette année c'est Platini ou Rocheteau qui aura des chances de recevoir le Ballon d'or.

Vive le sport partout, sur TF1, dans tous les journaux, dans toutes les pubs, dans tous les commentaires, sur toutes les affiches, pendant un mois de joie saine et fédératrice.

Si la caméra vidéo de Gilbert Larriaga en a la possibilité, elle pourra montrer avantageusement que je suis venu ce matin en short et avec des chaussures à crampons afin de participer à ma manière à ce formidable élan de fraternité collectif (j'accorde « collectif » au masculin car c'est l'élan qui l'est et non la fraternité) qui s'élève entre les peuples tous réunis pour cette belle fête du sport, dans un esprit certes de compétition mais surtout de recherche de l'excellence et d'un dépassement de soi-même pour vivre dans un monde toujours plus accueillant, toujours plus ouvert aux autres dans leurs différences et leurs singularités !

Alors, m'interrogerez-vous, pourquoi dans ce cas, vous si passionné, si supporter de l'équipe de France, pourquoi ne pas avoir enfilé le maillot Équipe de France domicile authentique 2018 ?

Votre question est légitime et je ne vous cache pas que je l'attendais avec impatience et une certaine gourmandise, à tel point que par avance j'avais rédigé ma réponse avec la rigueur professionnelle qui me caractérise et que Frédéric Beigbeder ne peut même pas imaginer !

Si ce matin je n'ai pas enfilé le maillot Équipe de France domicile authentique 2018, qui est très beau avec cette présence de rayures bleues très fines et irrégulières provoquant un effet dynamique et un contraste extraordinaire, ce tissu anti-transpiration repensé de manière à procurer un confort maximum, ce col patte qui dévoilera le drapeau tricolore sous forme de ruban, cette légèreté permettant une ventilation idéale ainsi qu'une adhérence exceptionnelle, ce coq emblématique de l'équipe de France, c'est que sincèrement, et ma femme me le disait encore ce matin, tandis que fièrement je l'arborais devant mon café et mes tartines de confiture, c'est que franchement, il me boudine un peu.

Dans une ambiance toujours bon enfant, pendant le mois qui vient, on peut s'attendre à des manifestations racistes, des insultes homophobes, des cris de singe, des symboles néonazis, des saluts hitlériens, enfin tout ce folklore tellement décrié par les esprits chagrins mais qui dans le fond révèle de façon si sympathique le caractère émotionnel de cette fête où l'esprit sportif se mêlera de façon si intime aux craintes de dopage, aux éructations des hooligans et à ce « pognon de dingue » comme on dit dans le grand monde.

Quelle belle leçon que le football qui depuis tant d'années a réussi avec tant de succès à apprendre aux Européens que, devant la crise des migrants comme devant n'importe quelle tempête à affronter, le mieux est de jouer collectif.

Gloire à Guignol !

22 juin 2018

En ce vendredi 22 juin 2018, je voudrais rendre hommage à une émission d'humour et de divertissement qui a fait les plus belles heures de Canal+ et de son esprit.

L'esprit Canal est devenu injustement synonyme d'esprit branchouille, parisien et arrogant quand il a été aussi un souffle d'invention, de jeunesse et de fantaisie né à la fin du siècle dernier. Souvenez-vous de tous ceux qui pendant des années nous ont fait rire, notamment Antoine de Caunes, José Garcia, Jean-Yves Lafesse, Jackie Berroyer, Yolande Moreau, Nadine Morano.

Oui, en ce vendredi 22 juin 2018, je voudrais saluer cette émission espiègle, insolente, subversive, irrévérencieuse, et qui a réussi pendant plus de vingt-cinq ans à passer entre les gouttes de la censure, de l'interdiction, de la pétrification, du cynisme, de la gravité et de l'esprit de sérieux, je veux naturellement parler de Groland.

Groland et sa présipauté ont survécu à tout, à François Mitterrand, au Bi-Bop, aux Nuls, aux Deschiens, aux essais nucléaires sur Mururoa, à André Rousselet, à Alain De Greef, au Concorde, à Johnny Hallyday, à la boîte à coucous, aux majorettes datant du crétacé inférieur, à Pierre Bellemare qui, avec un documentaire, fêta il n'y a pas si longtemps le vingt-cinquième anniversaire de l'émission, à Mamie Quéquette, à son président, l'inmourable et pourtant mort mais cependant président pour l'éternité, l'immense et poétique Christophe Salengro.

Oui, bien sûr, forcément qu'en ce vendredi 22 juin 2018, je voudrais porter un témoignage de respect, de laïque piété à l'expression de cet esprit si frondeur, si français, qui subsistera même, eh oui, tiens, pendant que j'y pense aux Guignols, définitivement morts aujourd'hui même, mais enterrés depuis plusieurs mois par l'homme d'affaires et fossoyeur Vincent Bolloré qui, apprend-on cette semaine, par complaisante obscénité, après avoir obtenu celles de toutes les autres aurait réclamé la tête de sa propre marionnette avant de l'exposer dans son salon breton comme un trophée de guerre, une guerre d'usure, dépouillant l'ennemi de tout ce qui faisait sa force et sa richesse, le vidant de sa sève, de sa substance, changeant son équipe, son esprit, bradant son âme, à tel point que le jour de sa mort, plus personne n'est là pour le regretter, pour le pleurer.

Mort des Guignols mais survie (jusqu'à quand ?) de Groland…

Souvenons-nous à jamais des trois principes de la présipauté : *Joie, hospitalité, lâcheté.*

Souvenons-nous de ses devises, *Santé bonheur ! Santé bonne humeur !*, *Groland, je mourrirai pour toi*, et souhaitons donc une aussi longue vie que, ben oui, tiens, pendant que j'y pense, au Guignol, le Guignol des Champs-Élysées situé dans les jardins Marigny et qui célébrera demain et après-demain, entre 11 heures et 23 heures, son 200e anniversaire !

Allons, courage, le plaisir de l'insolence n'est peut-être pas tout à fait mort !

À tchao bonjour.

C'est une chronique de fin d'année

29 juin 2018

C'est une chronique de fin d'année. On vient encore avec nos cahiers et nos cartables mais aussi avec des disques et des jeux de société qu'exceptionnellement on a le droit d'apporter en studio. Dans la tête on est déjà en vacances. L'ambiance est de plus en plus décontractée. Sonia Devillers a les cheveux défaits, Claude Askolovitch est en tongs, Thomas Legrand ne met plus de chaussettes dans ses chaussures, Augustin Trapenard a enfilé un pantacourt jaune et, comble du laisser-aller, Bernard Guetta depuis plusieurs jours a abandonné son imperméable mastic. Les récréations sont de plus en plus longues. À la radio, ça s'appelle de la publicité.

À France Inter, comme les résultats sont plutôt bons, l'établissement est plutôt bien noté. En ce moment, la directrice est plus apaisée, elle fait moins de sciatiques. Surtout, elle espère bien que tout le monde sera là en septembre. Normalement oui, en ce moment le privé fait moins rêver. Quand elle est trop angoissée, la directrice fait des sciatiques. Quand elle fait des sciatiques, elle est énervée.

Elle a quand même convoqué les parents de Frédéric Beigbeder. Elle leur a dit qu'elle trouvait que Frédéric avait des possibilités mais qu'il les utilisait trop, elle se demande si parfois il ne vient pas en studio avec de l'alcool ou des produits illicites, vu la teneur de certaines de ses chroniques. Les parents de Frédéric étaient embêtés, ils ont dit : « On peut pas le mettre dans le privé, ils en veulent pas... »

Ce que craint la directrice, c'est qu'il exerce une mauvaise influence sur les autres, notamment sur Alex Vizorek, qui est très, très jeune d'esprit et surtout très influençable. Pour Nicole et Sophia, ça va, ce sont des filles, elles sont mentalement plus structurées.

Voilà. C'est ma chronique de fin d'année. Si je veux, je peux chantonner pendant vingt secondes ou faire des bruits avec ma bouche, personne ne me dira rien. Tout le monde s'en fout. Dans la tête, on est déjà sur les plages.

« Les CE2-CM1 du monde » de l'école des Vergers de Saint-Georges-des-Groseillers, je ne vous l'apprendrai pas, ont travaillé toute l'année sur l'idée du voyage et ont fait toute une collection de cartes postales exposées sur les murs des classes. Ce qui serait bien, vous qui m'écoutez, c'est qu'avant la fin de l'année scolaire qui aura donc lieu dans une semaine, le 7 juillet, si vous avez le temps, vous envoyiez une carte postale de l'endroit où vous êtes, pour dire bonjour et, par exemple, souhaiter de bonnes vacances ou tout ce qui vous passe par la tête. Je vous rappelle l'adresse :

« Les CE2-CM1 du monde », L'école des Vergers, 7, rue de Flers, 61 100 Saint-Georges-des-Groseillers.

Faites vite pour envoyer votre carte postale. Le mieux, c'est de l'écrire aujourd'hui et de l'envoyer dans la foulée.

Sinon, moi, je vous retrouve l'année prochaine. Je ne passe pas en classe supérieure mais on me garde quand même. Pour la dixième année de suite, je redouble.

Chroniques inédites[1]

1. La chronique « La vie en Souchon » a été commandée par l'émission « Vivement Dimanche » de Michel Drucker et Françoise Coquet. Toutes les autres chroniques inédites ont paru dans *Siné Mensuel*.

Attraction royale

Un parc d'attractions vient d'ouvrir dans le Tennessee. Son thème est le fait divers. L'attraction vedette, c'est l'accident de Lady Di. Imaginez… La sortie du Ritz, les paparazzis, la course-poursuite et ce qu'on attend tous, le choc final avec le crissement des pneus, l'impact, le klaxon bloqué, la colonne vertébrale brisée, l'arrivée des ambulances du SAMU, la désincarcération de la princesse… Émotions assurées en 3D avec effets spéciaux et sièges dynamiques de simulation. Les larmes, le sang, la mort, comme si vous y étiez.

Moi, je suis révolté. Je suis en colère. Je suis hors de moi parce que les Américains ont suffisamment de faits divers chez eux pour ne pas venir piller le patrimoine morbide européen. Lady Di, c'est nous. Monsieur Paul, le treizième pilier, c'est nous !

On a l'habitude de dire que ce qui arrive aujourd'hui aux États-Unis surgit en France quelques années plus tard. On peut donc espérer prochainement l'ouverture d'un semblable parc à thème. Une journée de bonheur et de dépaysement. Rêvons un peu : voyager en car avec Émile Louis, partager un moment « détente et bricolage » en compagnie de Simone Weber et sa fameuse meuleuse à béton, partir en forêt pour une promenade sportive avec l'adjudant-chef Chanal, retrouver son âme d'enfant au bord de la Vologne, revivre un concert mémorable de Eagles of Death Metal…

Américains, laissez-nous nos histoires sordides. C'est pas seulement au Tennessee que le crime fleurit, nous au pays aussi l'on a de beaux assassinats.

La faute à pas de chance…

La faute à pas de chance. Frédéric est invité pour parler de son dernier livre et du plus gros scandale actuel : la multiplication des comiques sur France Inter. Au lieu de ça, les journalistes l'interrogent sur l'affaire Matzneff. « Quand même, ça ne vous dérange pas d'avoir donné le prix Renaudot à un pédophile ? » Frédéric, il est pas trop content de la question. Ce n'est pas du tout le scandale dont il voulait parler. « Ben j'étais pas tout seul… Oui, forcément je suis mal à l'aise… » Frédéric commence par dire que Matzneff reste son ami, et restera son ami, quoi qu'il arrive. Et puis, il lit le livre *Le Consentement* et il dit « Matzneff n'est plus mon ami ».

Il n'y a que les imbéciles qui ne changent pas de morale.

C'est dommage, Frédéric. Voilà ce qui s'appelle ne pas saisir la balle au bond. Matzneff, en tant que pédophile et ami de Le Pen, cochait les bonnes cases pour devenir le parangon du « politiquement incorrect ».

Quand Gabriel racontait dans son *Journal* comment il sodomisait les petits enfants de Manille, Frédéric admirait l'écriture du grand styliste. Juste après consommation, les petits enfants de Manille, prématurément, devenaient laids. La grande misère, le vieillissement prématuré… Ce n'était pas grave. De nouveaux petits enfants de Manille apparaissaient, alimentant la libido du grand écrivain. Et puis, c'était pratique, ils ne savaient ni lire ni écrire. Ils n'auraient jamais eu le mauvais goût de s'en prendre à celui qui aujourd'hui est devenu vieux, seul, abandonné de tous, même de ses éditeurs, même de ceux qui se prétendaient ses amis. Les petits enfants de Manille avaient l'avantage de mourir tôt.

« Oui, oui, mais on peut pas juger, c'est une époque qui en juge une autre… »

« Bon, revenons à votre livre », disent les journalistes. « Ben, dit Frédéric, il y a trop de rigolade, trop de ricanement à la radio. »

Ah d'accord, trop de légèreté, trop de cynisme aussi ? Pas assez de réflexion ?

D'accord Frédéric, d'accord…

La vie en Souchon

1974. J'ai 15 ans. Je sais que c'est pas vrai mais j'ai 15 ans. Giscard est à la barre. Souchon fait des chansons. Jean-Paul Sartre rend visite à Baader. Michel Rocard rejoint le Parti socialiste. Messmer est remplacé par Chirac et la DS par la Citroën CX. Fin de la dictature des colonels en Grèce. Des œillets fleurissent au Portugal. Révolution en Éthiopie. Grèves réprimées en Birmanie. J'ai 15 ans, je sais que c'est pas vrai mais j'ai 15 ans. Dans mes rêves, je me vis artiste. Chanteur, ou comédien, ou prestidigitateur. N'importe quoi mais pas adulte. À nous deux la vie !

La vie en chansons. La vie en Souchon.

1978. J'ai 19 ans. Je sais que c'est pas vrai mais j'ai 19 ans. Chirac part à l'attaque. Souchon fait des chansons. Des accords à Camp David. Une marée noire en Bretagne. Un bébé éprouvette au Royaume-Uni. « C'est en septembre », chante Monsieur 100 000 volts mais c'est en mars que Claude François s'électrocute. Bégin et Sadate, Nobels de la Paix. Le pape est polonais. Damia meurt. Vincent Delerm a 2 ans. Toto 30 ans. Fanfan 19.

Car j'ai 19 ans. Je sais que c'est pas vrai mais j'ai 19 ans. Je suis étudiant à la fac de Caen. Je vais au Cinéma Lux, à la Comédie de Caen, je vais voir Devos, Bedos, Zouc et les Frères Jacques. Devant moi, j'ai la vie.

La vie en chansons. La vie en Souchon.

1988. J'ai 29 ans. Je sais que c'est pas vrai mais j'ai 29 ans. Mitterrand est à la mi-temps. Souchon fait des chansons. Marcel Carton, Marcel Fontaine et Jean-Paul Kauffmann sont libérés. Michel Rocard s'installe à Matignon et Pierre Desproges au Père-Lachaise. Luc Besson est en apnée, monseigneur Lefèvre excommunié, la Jamaïque est dévastée par l'ouragan Gilbert. Et la beauté d'Ava Gardner. J'ai 29 ans, je sais que c'est pas vrai mais j'ai 29 ans. J'ai 29 ans, je deviens papa et c'est pour la vie.

La vie en chansons. La vie en Souchon.

2005. J'ai 46 ans. Je sais que c'est pas vrai mais j'ai 46 ans. Villepin suit Raffarin. Souchon fait des chansons. Florence Aubenas est libérée. Michaël Jackson est acquitté. Une majorité de Français dit non à la constitution européenne. Nicolas Sarkozy évoque le Kärcher. Putain, ça penche. J'ai 46 ans. Je sais que c'est pas vrai. Plus de vingt ans que je joue. Qu'est-ce qu'elle fait la vie ? Elle continue.

La vie en chansons. La vie en Souchon.

2019. J'ai… presque 46 ans. J'ai presque 29 ans. J'ai presque 15 ans. J'ai 10 ans. Laissez-moi rêver que j'ai 10 ans. Ça fait bientôt presque un peu plus de cinquante ans que j'ai 10 ans. Merci la vie presque en chansons. Merci la vie presque en Souchon.

Molière-la-lose

C'était un cours sur Molière en classe de seconde. Molière, sa vie, ses pièces, son père tapissier, la vie de troupe, ses rapports avec Louis XIV, tout ça… La prof demande à ses élèves « Est-ce que vous avez des questions à poser ? » Jonathan lève la main. « Oui, Jonathan ? Pose ta question. » « Madame, je voulais savoir, comment il a réussi à percer, Molière ? »

Comment il a réussi à percer, Molière ? ! On se dit qu'effectivement, le pauvre Jean-Baptiste n'a pas été trop aidé. Il n'avait pas d'agent, ne connaissait aucune directrice de casting un peu en vue. Il n'a jamais participé ni à « Secret Story », ni à « La Villa des Cœurs brisés », il n'a pas été non plus admis à « The Voice », il a été recalé à la « Nouvelle Star » et si ça se trouve, il n'a même jamais eu le 06 de Cyril Hanouna. Autant dire Molière-la-lose…

Un jeune homme de seconde, tellement formaté par l'idée communément imposée de la réussite rapide, de la course à la notoriété, de la promotion de soi-même, demande, candide, sincère, (un peu con-con, je ne dis pas le contraire) « comment il a réussi à percer, Molière ? ».

Ce serait triste à pleurer si on ne décidait pas d'en rigoler.

Un vieux spectateur sortant du *Bourgeois Gentilhomme* à la Porte Saint-Martin avait eu cette autre réflexion brillante : « Molière, c'était bien pour l'époque. »

Pour l'époque. *Tartuffe*, *Don Juan*, *L'École des Femmes* et *L'Avare*, faute de mieux, parce qu'on n'avait rien d'autre à se mettre sous la dent, pour patienter quelques siècles, avant de flirter avec l'excellence, avant *Ma femme s'appelle Maurice*, *Pyjama pour six*, *Des boulons dans mon yaourt*, *Faites l'amour avec un Belge*…

Oui, décidément, Molière, gros, gros loser…

Mon copain Ernest est énervé

Mon copain Ernest est énervé. Mais, même quand il s'énerve Ernest, il n'élève pas spécialement la voix. Il ne frappe pas du poing sur la table. Il ne vocifère pas. Ses colères sont intimes. Elles n'ont pas besoin d'être explosives pour être convaincantes. Elles sont presque douces, aimables. Elles ont l'accent du pays niçois. Ce sont de ces sortes de colères qui sont désolées, attristées, qui naissent d'un vieux sentiment d'injustice que partagent ceux qui ne sont pas forcément nés dans la misère, mais surtout pas dans l'opulence, ceux qui, même vieillissants, restent des enfants d'ouvriers, d'employés, de gens modestes, ceux à qui rien n'était dû…

Et s'il m'a fait part de sa colère, Ernest, de sa colère calme, de sa colère pacifique, c'est qu'on se trouvait boulevard Saint-Jacques, à deux pas du Lion de Denfert, tout près du Musée de la Libération de Paris.

« Tu comprends, m'a dit Ernest, les ouvriers, ils ne sont jamais reconnus comme ceux du grand monde. Au Musée de la Libération de Paris, on met beaucoup en valeur Jean Moulin et le Maréchal Leclerc mais pas tellement Rol Tanguy, alors qu'aux pavillons Ledoux, on est chez lui… Bien sûr, je ne discute pas du tout des mérites de Jean Moulin, fils d'intellectuels, et du maréchal Leclerc, issu de la noblesse, mais Rol Tanguy, fils de marin et de blanchisseuse, on dirait qu'il passe forcément derrière eux, on dirait que même dans la mort, il est rétrogradé à cause de ses origines sociales. Ça m'énerve. »

Il était encore plein de cette juste colère, Ernest, en remontant sur son vélo, boulevard Saint-Jacques, à deux pas du Lion de Denfert.

Pourquoi les poules traversent les routes ?

C'est une blague très ancienne. Une histoire qui me faisait rire quand j'avais environ 3 ans et demi. Une devinette plus exactement. « Pourquoi les poules traversent les routes ? » (Attention, je cite un souvenir qui m'amusait dans mes plus jeunes années, bien avant la découverte de *Pilote*, Goscinny, Gotlib, Cabu et les autres. Si vous vous attendez à une chute hilarante, je vous en prie, consultez un autre article.)

« Pour passer de l'autre côté. »

C'était la réponse.

…

Oui, je sais… L'apprentissage de l'humour est un long processus.

En revanche, quand les poules traversent les autoroutes, ce n'est pas juste pour l'objet d'une histoire, même pas drôle, c'est souvent parce qu'elles sont obligées. L'autre matin, par exemple, à 4 h 30, un chauffeur perd le contrôle de son véhicule. Le camion, suivi d'une remorque, heurte la glissière de sécurité et se couche direct comme un vieil hippopotame fatigué apoplectique. Ça se passait l'autre lundi sur l'A26 dans le Sud arrageois. Soyons précis : au niveau de la sortie de Rumaucourt, dans le Pas-de-Calais.

Dans le convoi, il y avait 9 000 poulets. 9 000 poulets, ce n'est pas rien : la population de Ploërmel, Ézanville ou Gonfreville-L'Orcher en volailles… Ça commence à en faire du poulet basquaise…

9 000 poulets qui n'ont rien demandé se retrouvent sur l'autoroute. 9 000 poulets perdus, traumatisés, certains écrasés, broyés, pulvérisés…

Un simple accident de la circulation et 9 000 êtres vivants mis en danger.

« Pourquoi les poulets traversent les autoroutes ? » « Pourquoi les migrants traversent les mers ? » Les camions, parfois, renferment aussi des êtres humains. 39 corps découverts à Grays dans l'Essex. Les devinettes, par rapport à celles de mon enfance, ne sont pas plus drôles. Plus pathétiques peut-être, plus démentes.

Yann Moix est comme le professeur Rollin

Yann Moix est comme le professeur Rollin, il a toujours quelque chose à dire. On peut le brancher sur n'importe quoi, il a un avis. Le courage des policiers, les femmes de plus de 50 ans, Michael Jackson… (« Michael Jackson ne pouvait pas être un pédophile car lui-même était un enfant. » La phrase, gracieuse, peut se décliner à l'envi. « Le Père Preynat n'est pas un pédophile car lui-même est un enfant », « Marc Dutroux n'est pas un pédophile, etc. »)

Là, il critique la décision de Léa Salamé de se mettre en congé le temps que son compagnon Raphaël Glucksmann, fondateur du mouvement Place Publique, ait fini la campagne européenne en tant que tête de liste du Parti socialiste. Évidemment, sa position d'intervieweuse face à un autre candidat aurait été intenable. Fatalement, le soupçon de conflit d'intérêts aurait été patent. Bien sûr, sa décision de s'effacer le temps d'une campagne paraît sensée. (Moi-même, ce n'est pas prévu, si ma femme se présente aux Européennes, je prendrai du recul pendant quelques semaines.)

Mais ce n'est pas l'avis, toujours définitif, de Yann Moix, toujours péremptoire. Il parle de « décision inouïe, renvoyant à une image de la femme de soumission totale », de « pseudo-sacrifice grotesquissime ». Yann Moix considère que la capacité de Raphaël Glucksmann à faire bouger les choses dans ce registre est nulle. Il pense, par ailleurs, que la vocation d'un écrivain est de rester chez lui écrire ses livres. Sur ce point précis, on ne peut pas donner complètement tort à Yann Moix, écrivain.

Yann Moix est comme le professeur Rollin. Sauf qu'il est moins drôle.

L'amour est enfant de bohème

Si Melania Trump n'est pas entrée tout de suite à la Maison Blanche quand son époux est devenu président des États-Unis, c'est qu'elle était en train de négocier son prenup' (son accord prénuptial). Il est, paraît-il, vous me direz si je me trompe, des terres brûlées donnant plus de blé qu'un meilleur avril.

Je suis d'accord avec vous, mais ça reste quand même à vérifier.

N'empêche que lorsque, aux États-Unis, l'un des époux est plus riche que l'autre, il faut, dès le départ, penser aux conditions financières d'un éventuel divorce. Je ne vous apprendrai rien, avec le temps, va, tout s'en va et, comme dit l'autre, l'amour, c'est comme un jour, ça s'en va, ça s'en va, l'amour.

En 2005, Melania épouse Donald. Elle est mannequin, il a fait fortune dans la téléréalité et l'immobilier. Un joli petit couple qui fait rêver. Hillary et Bill Clinton sont de la noce. Ambiance festive. Tout le monde s'éclate à, à, à la queue leu leu. Mais le pognon, c'est surtout lui. Quand on a que l'amour à offrir en partage, c'est plus simple. Elle n'est pas tout à fait rien, mais voilà qu'aujourd'hui elle est la gardienne du sommeil de ses nuits et surtout, elle est devenue, du jour au lendemain, première dame des États-Unis.

Alors Donald a rechigné un peu. Il est comme ça, Donald, il est du genre à rechigner. Il n'avait pas envie que l'enfant né de son union avec Melania soit aussi bien traité que ses enfants qu'il avait eus précédemment.

Vous me direz, vous qui connaissez la chanson et avez de l'à-propos, l'amour est enfant de bohème. Je suis d'accord mais pas que.

Chroniques 2018-2019

C'est pas tout ça

31 août 2018

C'est pas tout ça. Maintenant, il faut trouver un nouveau ministre pour l'écologie[1].

Et vous êtes fier de vous, Nicolas ? « Un moment de grâce », je vous en foutrai !

Est-ce que vous aviez besoin, Nicolas, de reposer cette question : « Est-ce que vous restez au gouvernement ? » Depuis le temps qu'on lui posait la question, il avait envie de répondre autre chose. Moi, c'est pareil quand on me demande : « Est-ce que vous en avez marre qu'on vous reparle des Deschiens ? » Généralement, je réponds « non ». Jusqu'à ce que j'en aie marre de répondre toujours la même chose. Alors je dis : « Si, j'en ai marre. De vos questions toujours les mêmes que vous me posez depuis vingt ans… »

1. Nicolas Hulot, ministre de la Transition écologique, avait démissionné du gouvernement lors de la matinale de France Inter, en direct, le 28 août 2018.

Alors votre question à la con, excusez-moi, Nicolas, franchement est-ce que c'était nécessaire ? Je sais bien que vous-même vous avez été surpris de la réponse. Je sais bien que rien de ce qui s'est passé mardi dernier n'était prévu. Il n'y a qu'à voir votre tee-shirt. Vous aviez mis celui de tous les jours. Je sais bien que si vous aviez pensé être si souvent relayé par toutes les chaînes de télé, vous auriez mis une chemise propre…

Bon mais maintenant, il faut trouver un remplaçant. Quelqu'un d'aussi connu que Nicolas Hulot. Pas facile… Cyril Hanouna ? M. Pokora ? Jean-Pierre Pernaud ?

Quelqu'un peut-être de moins imprévisible que Nicolas Hulot, ce serait bien. Philippe Barbarin, le cardinal ? Jamais un mot plus haut que l'autre, jamais dépassé par ses émotions. Quelqu'un qui sait protéger ses équipes…

Parce que le mieux serait sans doute de prendre quelqu'un qui ne serait pas trop concerné par le sujet de l'écologie. De même qu'on a retiré à l'ex-patronne d'Actes Sud Françoise Nyssen la régulation économique du secteur de l'édition littéraire, peut-être le seul domaine où elle avait de vraies compétences, il faut choisir quelqu'un dont la conviction écologique ne viendrait pas polluer son ministère.

Læticia Hallyday ? Elle sait tenir sa maison, elle saura tenir un ministère. Et puis, elle a le sens des affaires.

Je vois bien que vous n'êtes pas trop convaincu mais je cherche… C'est pas facile…

François Hollande ? Il remonte un peu dans les sondages. Il a le 06 de Ségolène…

Patrick Cohen ? Pourquoi pas ? Il est sérieux, il est compétent. Il a pas mal de temps de libre dans la semaine…

Pourquoi pas Bernard Clouzot, commandant des gendarmes en Occitanie ? Les journalistes seraient contents. Après avoir fait tout un tas de titres sur « Monsieur Hulot et ses vacances », ils pourraient titrer sur l'inspecteur Clouzot qui, lui aussi, est très marrant.

Je cherche. Je ne dis pas que j'ai la solution. Il faut réfléchir.

Bien sûr, il y aurait aussi la solution de nommer Philippe Besson en tant qu'ami du président de la République, plutôt que de l'envoyer faire le consul à Los Angeles.

Mais là, en ce moment, je ne suis pas sûr que ministre de la Transition écologique et solidaire, ce soit un cadeau.

Booris et Kaaba
sur un air de Chopin

7 septembre 2018

Par ma largeur d'esprit, par mon attitude humanitaire, ma démarche altruiste, je suis devenu au fil des années une sorte d'Organisation des Nations unies à moi tout seul, capable d'intervenir dans les conflits les plus violents.

Je sais combien les dissensions apparues entre Booba et Kaaris ont pu être traumatisantes[1] pour ceux qui ne se sont jamais tout à fait remis des anciennes querelles entre Guy Béart et Serge Gainsbourg, entre Antoine et Johnny, tous ceux, à l'instar d'un Dominique Seux, qui tout en appréciant la charge érotique de Booba ne sont pas sans estimer la fougue charnelle de Kaaris, qui tout en reconnaissant l'inspiration poétique de Kaaris ne méprisent pas pour autant le souffle lyrique de Booba.

1. Les deux rappeurs rivaux ont été envoyés au tribunal correctionnel de Créteil pour « violences aggravées » après leur bagarre et celle de leurs clans respectifs, le 1er août 2018, à l'aéroport d'Orly.

Booba et Kaaris sont comme deux grands fauves lâchés dans l'écriture de notre époque de violence et d'insatisfaction devant le temps qui passe et la patience qu'il faut parfois pour obtenir le dernier smartphone de chez Apple avec toutes ses applis.

Souvenons-nous de tout ce qu'Apollinaire doit à Booba. Apollinaire écrivait : « Passent les jours et passent les semaines / Ni temps passé ni les amours reviennent ».

Booba, dans un style plus resserré, plus saisissant, plus percutant, notait : « Passent les gos, passent les euros, passent les années / Passent les clashs, guerres / Ma carrière est cellophanée. »

Sur une musique de Frédéric Chopin, dont les relations avec George Sand ne sont pas sans rappeler les tiraillements qui existent aujourd'hui entre les deux rappeurs, je voudrais en ces temps macroniens où l'on peut en même temps aimer Sartre et Camus, Voltaire et Rousseau, Dolce et Gabbana, dans une perspective de réconciliation, d'apaisement, d'harmonie, mêler Booba et Kaaris, Booris et Kaaba, Baaris et Kooba…

Ferme un peu ta gueule, va me faire un steak-frites
J'serai au moins dans l'cul d'ta connasse
Quand j'aurai pris le coup de grâce
J'ai d'autres objectifs mais tu persistes
Tu crois que j'baise tout c'qui bouge de Boulogne, Pont de Sèvres à Pierrefitte
Tu m'as fait mal au crâne, j'suis à deux doigts de te court-circuite
J'aime les festins pas les pique-niques
Ta tronche d'enfant de putain ne me dit rien qui vaille

J'ai besoin d'aller vite, j'me fais flasher sur toute la route
Alors que j'me faisais sucer, je pensais à mon futur
Je fais partie de l'élite, je remplis Bercy, le Zénith
Mais quelle trace je vais laisser si je ne fais pas de marmots
Puis je crache ça dans la gorge de cette pute à 150 euros
Traces de rouge à lèvres sur mon polo Gucci
Si j'roule à 2 à l'heure, j'regarde sûrement un gros cul passer
Tu m'as tapé dans l'œil, je t'ai mis sur le côté
Approche pas de mon cœur, girl, tu vas sauter
J'me dis que j'vais la tej' mais wallah qu'est-ce qu'elle est bonne
Alors je ferme les yeux, je plane
J'suis un killer, girl, j'suis un killer, killer, killer
Ici y a pas de losers
J'serai dans le 92 vers les coups de douze heures
J'suis un killer, boy, j'suis un killer, killer, killer
Killer, killer, killer
J'suis un killer

NON à la suprématie
de L'HOMO SAPIENS
BOUCQ

Le Grenelle des bestioles

14 septembre 2018

Il fut un jour où les animaux décidèrent de ne plus subir la toute-puissance des hommes. Il fut un jour où les animaux jugèrent qu'ils n'avaient plus envie de se laisser mener par le bout du bec, du groin, de la truffe. Tous s'accordèrent pour penser qu'il était nécessaire de se rassembler s'ils voulaient survivre. Conscients que les hommes, partout, avaient pris le pouvoir sur la terre, ils se dirent que la façon dont celle-ci avait été administrée jusqu'alors méritait au moins quelques petits ajustements.

Une abeille particulièrement informée évoqua dans un vrombissement fiévreux le réchauffement de la planète, le risque nucléaire, l'épuisement des ressources naturelles, la destruction de la biodiversité.

« Notre nid brûle et nous regardons ailleurs », déclara une oie cendrée tout à fait convaincante devant une assemblée d'alouettes, de chouettes et de colibris qui, avec force et gravité, turlutèrent, hululèrent, zinzinulèrent de concert.

« Nous ne pouvons pas continuer ainsi. Il nous faut prendre nos destins en patte. Ne restons pas prisonniers de nos égoïsmes, cooptons-nous, l'union fait la force, aboya un vieux chien solidaire et décidé.

— Exactement ! Il n'y a aucune raison pour que les hommes soient les seuls à décider de l'avenir d'une planète sur laquelle nous sommes encore plus nombreux qu'eux », enchaîna une girafe démographe et revendicatrice.

Alors, à Paris, une grande réunion fut organisée. Un Grenelle des bestioles. Chaque espèce animale devait être représentée. Les animaux chargés du protocole s'arrachèrent qui les poils, qui les plumes, qui les écailles pour tenter de ne mécontenter personne. À cause de vieilles querelles, d'intérêts contradictoires, de points de vue fortement divergents, les agneaux et les brebis refusèrent d'être placés près des loups, les antilopes de s'asseoir près des lions, les gnous de coudoyer les hyènes. Un corbeau, en raison d'une ancestrale humiliation, exclut d'assister à la réunion s'il devait se retrouver en présence d'un seul renard.

L'ambiance, on le voit, était tendue, les atermoiements, les tergiversations, les ajournements nombreux. Beaucoup de libellules, de mouches domestiques et d'éphémères eurent tôt la certitude que leur vie serait trop courte pour qu'ils puissent assister à cette réunion, qui finalement, un beau jour quand même eut lieu.

C'est une tortue géante, venue spécialement des Seychelles, à qui revint, en raison de son grand âge, la gloire insigne d'ouvrir les débats. En réalité, elle n'était pas tout à fait la plus ancienne de l'assemblée. Une palourde et une méduse la dépassaient en âge, mais l'une et l'autre étant peu habituées à s'exprimer en public, elles préférèrent décliner l'honneur qui leur était fait.

Les débats commencèrent. Les traducteurs firent des prouesses pour que les piaillements des moineaux puissent être compris des sauterelles dont les stridulations devaient être intelligibles pour les rhinocéros.

Une mouche domestique fut très applaudie quand avec fougue elle bourdonna que la seule véritable mesure emblématique serait d'accorder à chaque animal vivant sur terre le droit de vote. Grosse impression.

Après quelques instants d'enthousiasme partagé, les libellules jugèrent que le droit de vote serait notamment mal employé par les moustiques qui rendaient si difficile la vie des étangs. Les coqs firent valoir que la population des poules, toujours croissante, risquait dans les basses-cours de rendre la démocratie insupportable aux mâles.

On décida de reporter à une date ultérieure les conclusions de la réunion.

Vive la France[1]

21 septembre 2018

Ibrahim Maalouf…
Marek Halter
Tristan Tzara
Marjane Satrapi
Vassily Kandinsky
Joann Sfar
Eduardo Manet
Konstantínos Gavrás, dit Costa-Gavras
Omar Sy
Zinedine Zidane
Tsuguharu Foujita
Pablo Picasso
Fernando Arrabal
Amedeo Modigliani
Tahar Ben Jelloun
… Vive la France, vive la France !

1. Suite aux propos tenus, le 16 septembre 2018, sur le plateau des « Terriens du dimanche » (sur C8), à la chroniqueuse Hapsatou Sy : « C'est votre prénom qui est une insulte à la France. »

Vladimir Cosma…
Tchéky Karyo
Romy Schneider
Chaïm Soutine
Jane Birkin
Karima Delli
Rudolf Noureïev
Zinedine Soualem
Milan Kundera
Tony Parker
Abdelatif Benazzi
Karl Lagerfeld
Youri Djorkaeff
Kad Merad
Tzvetan Todorov
Radu Mihaileanu
… Vive la France, vive la France !

Cheb Khaled…
Bechara El-Khoury
Rithy Panh
Rachid Taha
Carla Bruni
Eunice Barber
Sofia Boutella
Rayane Bensetti
Leila Bekhti
Reem Kherici
José Garcia
Golshifteh Farahani
Pio Marmaï

Ramzy Bedia
Reda Kateb
… Vive la France, vive la France !

Django Reinhardt…
Vladimir Jankélévitch
Missak Manouchian
Mehdi Charef
Nabil Fekir
Kateb Yacine
Abdellatif Kechiche
Jamel Debbouze
Leila Slimani
Samir Bajja
Ahmed Merabet
Riad Sattouf
Barbet Schroeder
Hapsatou Sy
… Vive la France, vive la France !

Re-buzz

28 septembre 2018

Ainsi que le disait à peu près l'excellente et regrettée Colette Renard, « le jour, je buzze tout simplement ».

Après ma chronique de la semaine dernière qui a été largement reprise sur les réseaux sociaux, je me suis dit que je ne devais pas faire moins cette semaine si je voulais prospecter de nouveaux followers afin d'asseoir, auprès des internautes, la popularité de France Inter, et par là même, la mienne. Plusieurs pistes se présentaient à moi quand il s'est agi de réfléchir afin de trouver un sujet à la fois suffisamment polémique et fédérateur : Manuel Valls à la mairie de Barcelone, la démission programmée de Gérard Collomb, le pistolet de Benalla dans un restaurant de Poitiers ou ce clip mortifère d'un obscur rappeur bénéficiant grâce à *Valeurs actuelles* et au *Figaro* de la meilleure campagne de presse gratuite.

J'ai opté finalement pour cet événement qui a enflammé la semaine médiatique, notamment en Bretagne, particulièrement dans le Morbihan, précisément à Vannes, je veux parler naturellement de ce procès qui a eu lieu mercredi dernier au tribunal correctionnel de Vannes et qui a condamné une femme de 84 ans à une amende et un retrait de permis.

Les faits ? Je vous les rappelle…

Je ne vous apprendrai rien en vous signalant que récemment la place des Lices à Vannes était en travaux, afin notamment de renouveler la conduite d'eau potable qui datait de plus de cent ans, et par conséquent interdite à la circulation. Cependant, une Peugeot 107, conduite par une octogénaire, aurait ce jour-là roulé sur le pied d'un sexagénaire, amateur de randonnées. L'octogénaire nie les faits. Le sexagénaire souffre d'une fracture et d'une luxation. Que penser ?

Un témoin affirme que l'octogénaire se serait montrée vindicative en sortant de son véhicule, à l'arrêt, selon elle, dans une zone qui cependant n'était pas interdite à la marche à pied. Le sexagénaire souffre. L'octogénaire regimbe. Le sexagénaire déguste. L'octogénaire refuse de laisser ses coordonnées. Un témoin avisé relève son numéro d'immatriculation.

Le procureur de Vannes a réclamé à l'encontre de la conductrice un mois de prison avec sursis, une suspension du permis de conduire pour trois ou quatre mois et un stage de sensibilisation à la sécurité routière.

Voilà ce qu'il faut retenir : le stage de sensibilisation à la sécurité routière ! En France, il existe beaucoup de personnes âgées, octogénaires, nonagénaires, centenaires, qui ne conduisent plus mais qui ont toujours leur permis à points. Pourquoi ne pas leur proposer, en plus du Scrabble et des exercices de mémorisation, de suivre des stages de sensibilisation à la sécurité routière afin de pouvoir vendre régulièrement leurs points à des conducteurs plus jeunes qui ont besoin de les récupérer afin de ne pas perdre l'usage de leur permis de conduire ?

Les maisons de retraite sont onéreuses, les Ehpad coûtent bonbon. Cette idée mise en pratique, ce serait du gagnant-gagnant.

J'ai à peine fini cette chronique, en forme de contre-pied sous Peugeot 107, que l'on me dit qu'elle suscite déjà un très fort intérêt sur tous les réseaux sociaux.

et toi, avec tes ayants droit, ça se passe bien ?
BOUCQ

L'interview post mortem de Charles Aznavour

(avec la complicité de Laurent Gerra)

5 octobre 2018

— Ce matin, je me dispenserai de faire une chronique puisque j'ai la chance d'avoir en ligne et en direct Charles Aznavour, qui a décidé de m'accorder ici, sur France Inter, sa première interview post mortem. Merci, Charles, d'être avec nous ce matin…

— Je vous en prie. Ça me fait plaisir.

— Charles, vous êtes arrivé au paradis des grands artistes depuis quatre jours, quelles sont vos premières impressions ?

— Très bonnes. Vous savez, je me sens bien n'importe où, du moment que j'ai un stylo et du papier pour écrire des chansons. Parce que le secret, c'est le travail. Même dans l'au-delà, c'est ce que je dis aux jeunes, il faut continuer à travailler. De toute façon, il faut toujours être dans l'au-delà de ses capacités…

— Vous n'avez donc pas peur de vous ennuyer au paradis ?

— Pas du tout. Je n'y avais jamais mis les pieds, j'ai donc beaucoup de choses à y découvrir. J'ai chanté un peu partout dans le monde et dans toutes les langues, je n'avais jamais chanté au paradis mais je compte le faire dans les jours qui viennent.

— Ah ! Vous avez déjà un projet de concert ?

— Évidemment, je ne compte pas rester inactif. Ce sera pour moi l'occasion de refaire des duos avec des amis que je n'ai pas vus depuis longtemps : Trenet, Sinatra, Brassens, Bécaud, et Édith naturellement.

— Vous allez faire au paradis un grand concert avec tous ces artistes ?

— Oui, en arrivant j'ai pris tout de suite rendez-vous avec le bon Dieu pour lui en parler.

— Directement ?

— Vous savez, je préfère avoir affaire au bon Dieu qu'à ses saints. Il est très sympathique. Il ne serait pas contre le projet mais il semblerait que ce ne soit pas si facile que ça à organiser parce que toutes ces personnalités ne sont pas forcément résidents du ciel. Certains sont au purgatoire, mais la plupart en enfer. Je ne désespère pas d'obtenir des dérogations afin de les faire venir ici au moins le temps du concert… Je sais par exemple que le diable lui-même ne serait pas contre l'idée de se débarrasser de Johnny pendant quelque temps. Depuis qu'il est arrivé chez le diable, il paraît que l'enfer est devenu un foutoir…

— Charles, un petit regret personnel, vous aviez promis à votre public terrien votre présence sur scène et sur terre le jour de vos 100 ans. Il semblerait que vous n'allez pas tenir cette promesse…

— En effet. J'ai réfléchi. Je me suis dévoué pour cette fois-ci, c'est essentiel qu'il y ait des disparitions régulières de chanteurs importants, ça donne l'occasion à France Inter de diffuser un peu de chansons en langue française…

— Un dernier mot pour nos auditeurs ?

— Vous savez… *(Chantant.)*

Ce soir encore, moi j'ai vingt ans, je caresse le temps
Depuis le paradis
Comme on joue de l'amour comme on joue de la vie
Ne comptant plus les jours qui ont fui dans le temps
J'ai fait tant de chansons de rêves envolés
En donnant du courage à ceux qui en manquaient
Je ne suis plus perdu je sais où habiter
Je reste dans vos cœurs toute l'éternité

— Merci, Charles.

Déshabillez-vous

12 octobre 2018

« Déshabillez-vous.

— Pardon ?

— Déshabillez-vous. Vous allez faire le tour de la rédaction tout nu. Nous allons pouvoir juger de l'effet comique. »

Vous vous souvenez de la scène dans le film *Le Jouet*, réalisé, scénarisé et dialogué par Francis Veber, entre Michel Bouquet dans le rôle de Pierre Rambal-Cochet, terrifiant milliardaire, patron de *France Hebdo*, et Jacques François dans celui du larvaire rédacteur en chef Blénac…

« Déshabillez-vous.

— Pardon ?

— Déshabillez-vous. Vous allez faire le tour de la rédaction tout nu. Nous allons pouvoir juger de l'effet comique.

— Monsieur le président, je…

— Je vous dis de vous déshabiller. »

Jacques François « Blénac » retire alors sa veste, déboutonne son pantalon qui tombe sur ses chaussures. On voit son caleçon et ses pauvres cuisses…

« Mais qu'est-ce que vous faites, Blénac ?

— Je me déshabille, monsieur le président.

— Si je ne vous avais pas arrêté, vous vous mettiez tout nu et vous faisiez le tour de la salle de rédaction ?

— C'est vous qui me l'avez demandé, monsieur le président…

— J'ai une question importante à vous poser, Blénac : qui de nous deux est le monstre, moi qui vous demande d'ôter votre pantalon ou vous qui acceptez de montrer votre derrière ? »

Je pensais à cette scène mémorable en apprenant que Patrick Balkany, maire de Levallois-Perret, avait fait voter il y a peu une modification de son indemnité de maire afin de compenser la perte de son mandat de député suite à cette loi, qui doit lui sembler ignominieuse, celle du non-cumul des mandats.

Le conseil municipal de Levallois-Perret a voté une augmentation de l'indemnité du maire, portée à 4 257 euros mensuels. Cette mesure compensatrice aura pour conséquence directe d'ajouter du beurre dans les épinards déjà gras de Balkany, mais aussi de diminuer les émoluments de treize adjoints, qui jusqu'à présent se répartissaient la somme que Patrick Balkany ne s'octroyait pas à lui-même. Ils vont ainsi perdre 76 euros par mois.

On connaît Patrick Balkany, qui jamais ne déçoit. On arrive à saisir assez facilement son style, sa psychologie, son comportement, son projet personnel.

Mais on aimerait savoir dans quel état d'esprit les treize adjoints de Levallois-Perret ont consenti à baisser si charitablement leur salaire afin d'augmenter celui de l'édile. On aimerait savoir qui sont ces personnalités si extraordinaires, si sacrificielles, si peu égoïstes. On aimerait les connaître. On aimerait que les journalistes fassent de grandes enquêtes afin d'approcher ces personnes qui nous enseigneraient tant de choses sur la nature humaine.

Qui sont les monstres ?

Avec Baba on débat

19 octobre 2018

Avec Baba, on débat. Avec Hanouna, on ouvre les débats.

« Pour ou contre l'interruption volontaire de grossesse ? » Les fanzouzes parlent aux fanzouzes. Faut pas s'arrêter là, les tarbas ! Remettre en cause le droit à l'avortement pour les femmes, c'est cool mais ça n'est qu'un début. Faut aller plus loin !

« Pour ou contre le droit des femmes à posséder leur propre carnet de chèques ?

— T'en penses quoi ?

— Ben, avant 1965, c'était galère, les femmes n'avaient pas le droit de gérer leurs propres biens…

— Quand, avant 1965, les femmes n'avaient pas le droit de posséder un carnet de chèques à leur nom, j'ai jamais entendu dire qu'elles étaient plus malheureuses !

— Ouais, mais quand même, c'est pas mal que les femmes puissent avoir leur propre carnet de chèques personnel, comme ça, quand elles font les courses, c'est plus pratique, nous les mecs, on n'est pas obligés de les accompagner au supermarché.

— Je suis d'accord avec toi mais je fais remarquer, la femme est dépensière. Excusez-moi, mais je suis désolé, la femme, c'est un vrai panier percé. Si elle a un carnet de chèques à son nom, elle risque de faire exploser le budget du ménage…

— Ouais, mais t'imagine la galère, si y a un match de la Ligue à la télé et que t'es obligé d'accompagner ta meuf qui doit aller chercher des bières à Casino… »

Aujourd'hui, même dans une émission de divertissement, on peut interroger le rôle de la femme dans la société.

D'autres idées de débats, Baba ?

« Pour ou contre le droit de vote aux femmes ?

— Moi, je suis pas trop d'accord pour que la femme elle vote parce que souvent elle n'a pas notre culture politique. Macron, il a été élu parce que physiquement il peut plaire aux femmes. Ma grande sœur, elle a voté pour lui parce qu'elle le trouve mignon et qu'elle en ferait bien son 4 heures. Si ça se trouve, du temps de De Gaulle, de Pompidou, ou même de Hollande, si les femmes, elles avaient eu le droit de vote, je suis désolé mais si ça se trouve ils n'auraient jamais été élus…

— Euh, je m'appelle pas Thomas Legrand mais je crois que du temps de Hollande déjà les femmes elles avaient le droit de vote…

— Tu crois ? Ouais, c'est possible mais je te parle du temps de Pompidou…

— Ouais, je suis pas Jean-Michel Aphatie non plus mais je me demande si du temps de Pompidou et de

De Gaulle le droit de vote avait pas déjà été accordé aux femmes.

— Déjà ? Ah ouais, c'est vieux comme truc alors. Ce qui est sûr, c'est que du temps de la préhistoire, les femmes, elles n'avaient pas le droit de voter.

— Ah ben non, c'est sûr, du temps de la préhistoire, les femmes, elles avaient pas le droit non plus d'avoir un carnet de chèques. C'est le mec qui était obligé d'aller à Casino quand y avait plus de bières dans le frigo… Putain, la tanasse…

— Et à l'époque de la préhistoire, tu crois que l'avortement était autorisé ?

— Oh, j'en sais rien, moi. Je suis pas spécialiste en histoire de France, je m'appelle pas Lorànt Deutsch… »

Pourrir

26 octobre 2018

Mourir, c'est partir un peu. Pourrir, c'est martyr beaucoup.

Chacun a pu recevoir récemment cet appel à pourrir les journalistes de franceinfo.

La question est de savoir comment s'y prendre. Quelle marche à suivre ? Comment, de quelle manière pourrir un journaliste de franceinfo ? J'ai bien dit « pourrir », pas critiquer, contester, contredire, non, « pourrir ».

On peut toujours insulter, injurier, invectiver, traiter d'abruti comme c'est devenu courant dans le champ lexical politique. Mais doit-on aller plus loin ?

« Pourrir » d'accord, mais c'est vague.

On peut s'en prendre aux affaires, arracher les micros, casser le matériel des journalistes de franceinfo, mais est-ce suffisant ?

Parce que « pourrir », c'est bien, mais c'est imprécis.

Par exemple, n'aurait-il pas été plus avantageux d'appeler à casser les genoux des journalistes de franceinfo ? Je pose la question. Appeler à casser des genoux aurait été un message plus clair, plus explicite.

Ou peut également envisager – ce sont des idées que je lance dans le débat démocratique actuel – de tondre en public les journalistes de franceinfo sous prétexte qu'ils sont accusés de se coucher devant Macron.

Parce que pourrir, d'accord, mais comment ?

Surtout qu'il y a énormément de façons de pourrir quelqu'un et les idées ne manquent pas pour peu qu'on fasse preuve d'imagination, de création.

La question qu'également je me posais, car je me pose énormément de questions, c'est de savoir s'il faut pourrir de la même façon le journaliste qui, avant de s'intéresser aux comptes de la France insoumise, avait enquêté sur la comptabilité du Front national ou l'affaire Fillon.

J'imagine qu'il existe à franceinfo un vieux journaliste qui avait jadis valeureusement dénoncé le montant des frais de bouche d'un ancien maire de Paris et qui aujourd'hui enquête sur les comptes de Mediascop. Comment pourrir équitablement ce parcours qui va de Chirac à Chikirou ?

Dans ce cas, si par exemple était organisée une séance de lapidation de ce vieux journaliste, est-ce qu'on choisirait d'envoyer des cailloux d'abord pas trop gros en souvenir des services rendus dans le cadre de la liberté de la presse et des médias, avant d'envoyer des cailloux moins inoffensifs en représailles contre ce régime semi-dictatorial où les médias d'État sont à la solde du pouvoir ?

Beaucoup de questions. Le mieux, c'est peut-être encore de s'inspirer de ce qui se fait à l'étranger.

En 2017, 65 journalistes dans le monde ont été tués, 326 étaient emprisonnés. En 2018, les chiffres risquent d'être plus importants quand on fera le compte de ces journalistes pourris au point de pourrir eux-mêmes sous la terre ou dans des prisons.

Partir, c'est mourir un peu.

Mourir, c'est partir beaucoup.

Pourrir, c'est un peu beaucoup.

Colloque des Tontons

9 novembre 2018

Jérôme Garcin, dans « Le Masque et la Plume », dimanche dernier, a attiré l'attention de ses auditeurs, dont je suis, sur le colloque consacré au film *Les Tontons flingueurs* organisé par l'université Sorbonne Nouvelle Paris-3, colloque qui aura lieu les 13 et 14 novembre, c'est-à-dire, ni plus ni moins, la semaine prochaine.

Mes activités diverses et notamment cabotines m'entraînant vers l'Occitanie, la tour Magne, la Maison Carrée et le théâtre Bernadette-Lafont, je serai absent, et je le regrette, et je le déplore, et ne pourrai donc pas participer à ce colloque. J'aimerais cependant apporter ce matin ma modeste pierre à cette construction en devenir.

Les Tontons flingueurs de Georges Lautner est une œuvre essentiellement crépusculaire dont le point de départ, je le rappelle, est la mort, mort de Louis dit le Mexicain appelant à son chevet son ami d'enfance Fernand Naudin, ancien truand et nouvellement négociant de matériel de travaux publics à Montauban.

Lautner, en privilégiant l'opposition Montauban-Paris, élabore déjà un espace discontinu et archipélagique où le hiatus des lieux charpente le film qui nous montre une double déformation de sa réflexion sur l'altérité croissante d'une dialectique qui est justement la forme la plus prégnante du discontinu fondée sur une distinction temporelle englobant le Mexique et Montauban.

Jean-Paul Sartre, dans l'Introduction de son travail sur Flaubert, ne déclarait-il pas que l'on entre dans un mort comme dans un moulin ? Eh bien, c'est ce moulin précisément qui sera la visée de Théo, Tomate et naturellement des frères Volfoni, Raoul et Paul.

Articulant sur l'axe paradigmatique les allées et venues des frères Volfoni, entre probate et hyperbate, entre épanorthose et palinodie, l'écriture de Michel Audiard met en œuvre une psychologie plane dont l'affirmation paradoxale, précédée par l'incise métalinguiste, inscrit le dialogue dans un continuum spatio-temporel : « Il entendra chanter les anges, le gugusse de Montauban. Je vais le renvoyer tout droit à la maison mère, au terminus des prétentieux. »

Les Tontons flingueurs présente pour le critique l'avantage de thématiser la question de la continuité et de la discontinuité tout en exemplifiant elle-même cette question parce que, évidemment, quel que soit le personnage envisagé, l'œuvre est toujours ramenée au récit d'une conscience menacée d'effritement, de pulvérisation, de désintégration mais qui finit par constituer sa propre unité. « Je vais lui faire une ordonnance, et une sévère. Je vais lui montrer qui c'est, Raoul. Aux quatre coins de Paris qu'on va le retrouver, éparpillé par petits bouts, façon puzzle. »

Dans cette perspective, le personnage de Maître Folace apparaît comme un sommet dans le postulat d'iconicité, qui permet de procéder à une herméneutique de la forme fondée sur une analogie entre le contenant et le contenu : « Y a pas seulement de la pomme, y a autre chose. Ça serait pas des fois de la betterave, hein ? Si, y en a aussi. »

Voilà ce que j'avais envie de dire ce matin succinctement, je n'ai malheureusement pas le temps de développer, et c'est dommage, j'aurais pu disserter pendant des heures…

Colloque *Tontons flingueurs*. Ça se passe donc mardi et mercredi prochains, à la Sorbonne, salle Louis-Liard. Entrée gratuite, inscription obligatoire : colloquetontons@gmail. com.

Vous me raconterez.

Gilets jaunes et bololo

16 novembre 2018

Le ministère de l'Intérieur s'interroge : comment répondre demain au mouvement des Gilets jaunes[1] ? Comment gérer la mobilisation citoyenne des automobilistes en colère ?

C'est très compliqué.

L'une des difficultés notamment est de savoir comment réagir face à un conducteur qui aura enfilé un gilet jaune parce que sa voiture sera réellement en panne et gênera involontairement la circulation. Comment le différencier d'un conducteur qui aura enfilé un gilet

1. Mouvement de protestation né sur la Toile en 2018, s'exprimant dans un premier temps contre la réduction à 80 km/h de la vitesse et contre le coût de la vie, avec le gilet jaune comme signe de ralliement.

Deux chauffeurs routiers lancent sur Facebook un appel au « blocage national contre la hausse du carburant » le 17 novembre 2018. Cette idée est reprise par d'autres protagonistes, qui prônent des blocages de routes et ronds-points dans divers départements français.

jaune alors que sa voiture à lui fonctionne à merveille mais gênera volontairement la circulation ?

Ce n'est pas facile.

Comment considérer un Gilet jaune conducteur de dépanneuse en panne solidaire du mouvement qui sera de fait dans l'impossibilité de venir en aide à des voitures En Marche ?

Comment un militant d'En Marche mais immobilisé pourra s'opposer aux marcheurs opposés au mouvement d'En Marche ?

Comment exprimer en marche une colère contre En Marche ?

Comment réagiront les policiers en service face à leurs collègues en congé qui participeront au mouvement des Gilets jaunes ?

C'est très complexe.

Avec quoi faire rimer Ménard ?... Oui, en effet.

Comment distinguer le gilet jaune d'un ami sympathique de celui d'un militant aux antipodes de vos convictions ?

Comment envisager un certain nombre de Gilets jaunes sympathisants antipathiques ?

Comment ne pas saluer un gouvernement qui réussit le prodige de réunir la société française tout entière, de l'extrême gauche à l'extrême droite, même si c'est contre lui-même ?

Édouard Philippe a tenté de répondre de façon originale à toutes ces questions en injectant un mot nouveau dans le débat public : le bololo.

Je remarque que mon correcteur automatique ne connaît pas le mot « bololo ». Tout de suite, il me le souligne en rouge et me suggère de le remplacer par le mot « Borloo ». Je n'aime pas contredire mon correcteur automatique, qui est assez susceptible, mais je ne pense pas que ce soit une bonne solution. Le souvenir de la façon dont Jean-Louis Borloo avait été jeté par le président du temps de sa flamboyance jupitérienne n'est peut-être pas bon à rappeler au moment où celui-ci tente de faire profil bas, voire profil modeste, ce qui, certainement, doit lui demander énormément d'effort.

« Bololo » est-il le mot qu'il fallait employer ? Il semblerait que Laurent Wauquiez, dont le surnom a justement été « beau Lolo » auprès de ses admiratrices, ait pris ce mot pour lui alors que le gilet jaune sur une parka rouge n'est pas particulièrement seyant.

Le « bololo » tirerait son origine d'un quartier délabré de N'Djamena, la capitale du Tchad.

À Marseille, dans un quartier délabré, huit personnes sont mortes sous les décombres d'un immeuble écroulé. Le maire n'a pas l'intention de démissionner. Les vrais fouteurs de bololo ne sont pas forcément ceux qu'on croit.

Tatatati… Tatatatatatatatatati…

23 novembre 2018

Tatatati… Tatatatatatatatatati…

Parfois, on entend une musique le matin. Une chanson populaire, un vieux succès, un air connu. Celui-là par exemple… *(On entend le « Boléro » de Ravel.)*

Et toute la journée, vous l'avez en tête. Vous conduisez votre voiture, vous vous brossez les dents, vous prenez une douche, vous montez l'escalier, vous prenez l'ascenseur, vous allez à la machine à café, et tout le temps vous avez cet air en tête. Vous ne pouvez pas vous empêcher de le fredonner, de le siffloter, de le chantonner…

Devant la machine, votre collègue vous demande : « Tu connaîtrais pas d'autres airs que le *Boléro* de Ravel ? »

Vous dites : « C'est vrai, je l'ai en tête depuis 9 heures ce matin, c'est à cause de Morel, tu l'as pas écouté sur France Inter ?

— Ah, sûrement pas, c'est un ramassis de bobos gauchistes, répond Jean-Claude, votre collègue droitier, tu me feras jamais écouter France Inter !

— Pour une fois, je suis d'accord avec toi, remarque Bernard, le collègue Insoumis qui arrive à la machine et qui n'a entendu que la dernière phrase. France Inter, c'est rien que des sociaux-traîtres, valets du capitalisme et du pouvoir en place.

— Moi, en même temps, dit Josyane, je trouve que ça reste une bonne radio, et puis Patrick Cohen ça reste un bon journaliste même si parfois il a la dent dure. » Josyane énerve tout le monde. Elle est macroniste de la première heure et ne met pas forcément ses fiches à jour très régulièrement. N'empêche que toute la journée, comme Jean-Claude, Bernard, Josyane, vous ne pourrez pas vous empêcher de siffloter cet air.

Même le stagiaire, qui d'habitude ne s'intéresse pas trop à la musique de vieux, va demander : « C'est qui déjà qu'a écrit le *Boléro* de Ravel ? – Cherche sur Wikipédia, Ducon, je suis pas musicologue. »

Ça c'est la version symphonique du temps où on pouvait se payer tout un orchestre.

Aujourd'hui, par temps de disette, on peut se rabattre sur des versions simplifiées :

à la guitare…

à la trompette…

à la flûte ténor…

à l'harmonica…

Si j'évoque le *Boléro*, ce n'est pas, vous vous en doutez, par hasard. C'est qu'il est dans l'actualité. Le *Boléro*, interprété récemment à l'occasion du centenaire de l'armistice, est tombé dans le domaine public depuis le 1er mai 2016. Hier, on a fêté les 90 ans de sa création.

Des ayants droit font tout pour récupérer les droits : les héritiers d'Alexandre Nikolaïevitch Benois qui n'était pas tellement musicien mais décorateur mais qui a l'avantage de n'être mort qu'en 1960, ce qui permettrait de repousser l'entrée dans le domaine public jusqu'en 2039. Si on pouvait dire qu'il était aussi un petit peu coauteur du *Boléro*, ça arrangerait bien Évelyne et Jean-Manuel, héritiers de Ravel installés en Suisse, et qui ont un lien très direct avec le compositeur vu qu'Évelyne est la fille de l'épouse en secondes noces de l'ex-mari de la masseuse du frère de Ravel.

Je pense quand même que le mieux ce serait de leur faire comprendre que ce ne serait pas si grave de ne plus toucher ces droits pour quelques années supplémentaires. Il y a tellement autre chose à faire dans la vie que de toucher des droits même si bien sûr on les mérite en tant que fille de l'épouse en secondes noces de l'ex-mari de la masseuse du frère de Ravel. Par exemple, ils pourraient se mettre à travailler le *Boléro* à l'accordéon.

Le musicien qui le joue et a diffusé son interprétation sur YouTube précise que c'est joué d'oreille.

BOUCQ

Agités du bocal

30 novembre 2018

Je voudrais attirer l'attention des auditeurs de France Inter sur un sujet qui est rarement abordé à la radio. Je voudrais saisir l'occasion de cette chronique du vendredi matin pour traiter une question qui, certes, ne fera pas polémique, mais dont certains auditeurs peut-être se souviendront la prochaine fois qu'ils iront au restaurant.

Je veux parler de cette pratique tellement curieuse qui, sûrement, aurait déconcerté nos grands-parents, dont sans doute nous nous moquerons quand elle sera passée de mode, qui n'a aucune raison d'être, aucune valeur ajoutée ; je veux parler des entrées, des desserts en bocaux.

Depuis quelques années, dans les restaurants, les entrées, les desserts, qu'ils soient gaspacho d'épinards ou tiramisu, qu'ils soient salade jar au poulet ou mousse au chocolat, qu'ils soient harengs marinés ou citrons confits à la marocaine, sans compter toutes ces entrées, tous ces desserts nouvellement déstructurés, revisités, réinventés, sont servis dans un bocal.

Un bocal Le Parfait. Un bocal en verre avec son gros élastique qui fait *pschitt* quand on lui tire dessus, un bocal destiné initialement à conserver les aliments, un bocal qui évoque le terroir, la grand-mère, les vacances à la campagne, les cornichons et ce temps révolu où dès le printemps on préparait l'automne, où dès le début de l'été on prévoyait l'hiver, un temps où le réchauffement de la planète était une notion inconnue, où les saisons étaient identifiables, où la vie chaque année se répétait, toujours la même, toujours inédite, avec ses semis et ses récoltes, ses semailles et ses moissons.

Pourquoi sur la table du restaurant branché ce bocal Le Parfait qui dès qu'il est posé rappelle immédiatement cette époque révolue où Papi occupait ses après-midi dans le jardin à biner, bêcher, sarcler, retourner la terre, installer les rames pour les haricots verts, où Mamie passait sa vie dans la cuisine, entre Menie Grégoire et un lapin à dépiauter.

Sauf que Mémère jamais n'aurait eu l'idée de se servir du bocal comme objet de décoration, sauf que Mémère dans le placard de la cuisine rangeait les bocaux dans lesquels elle puisait des cornichons pour accompagner le rosbif froid, des haricots verts pour aller avec le veau, des haricots blancs surnommés « péteux », ou « musiciens » les jours plus cérémonieux quand ils garnissaient le gigot les dimanches de communions solennelles.

En entrée, avant la langue, il y avait des tomates, parfois des asperges, en dessert du riz au lait, on le sortait d'un moule circulaire, on le posait dans un plat creux, on l'entourait de crème anglaise. (Tête de Mémère si on avait fourgué tout ça dans un bocal.)

Le dessert en bocal dénonce une drôle d'époque, celle où des agités du bocal réinventent un passé qui n'a jamais existé, une histoire, comment dites-vous, déstructurée, revisitée, réinventée…

Mémère était sûre que ses petits-enfants auraient une vie plus belle que la sienne. Les petits-enfants d'aujourd'hui sont persuadés que la vie de leurs grands-mères était plus heureuse que la leur.

La nostalgie est toujours ce qu'elle était. Vous reprendrez bien un peu de dessert ?

Humour involontaire

7 décembre 2018

Étant donné qu'il ne se passe pas grand-chose en ce moment, permettez-moi d'évoquer une anecdote tout à fait hors actualité. Une amie, spécialiste de la poésie russe, me faisait part d'une révélation récente, « une révélation comparable à celle de Paul Claudel derrière le pilier de Notre-Dame, me précisa-t-elle. — Oui ? l'interrogeai-je, laconiquement, mais déjà captivé. — Une barrette de shit… — Oui ? — Une barrette de shit, me fit-elle, c'est une contrepèterie parfaite. »

Après un court temps de réflexion, je reconnus l'excellence de ce contrepet et je me demandai aussitôt s'il aurait pu être inclus dans *Le Bouquin de l'humour involontaire* de Jean-Loup Chiflet dans la collection Bouquins chez Robert Laffont.

Somme riche, drôle et cependant toujours incomplète puisque, depuis la sortie de ce livre indispensable, l'humour involontaire n'a pas cessé de fleurir. Juste après la tragédie de la rue d'Aubagne, le maire de Marseille, Jean-Claude Gaudin, a tweeté :

« Nous sommes effondrés », tandis qu'Éric Macé, le maire de Falaise, a dit être tombé de haut quand il a appris que sa ville venait d'hériter d'une généreuse donatrice. On a pu lire dans les journaux que les évêques réunis à Lourdes allaient prendre le problème de la pédophilie à bras-le-corps. On a pu entendre sur France Inter l'annonce d'un débat sur les handicapés pour voir ce qui marche et ce qui ne marche pas.

À deux pas de la Maison de la Radio existe un musée du Vin situé rue des Eaux. Récemment, Riad Sattouf, répondant à une interview, disait : « Je suis contre les généralisations en général. »

L'humour involontaire est une mine inépuisable et son *Bouquin* recèle de trésors…

Les femmes et les hommes politiques ont beaucoup œuvré pour nourrir cet ouvrage.

Christine Boutin a dit : « Il ne faudrait pas que celui qui vient de donner son sperme s'en lave les mains. »

David Douillet a annoncé son prochain retrait de la vie politique, c'est dommage, il est l'auteur de la phrase : « On peut surtout avoir des acquis que l'on peut mettre dans tous les domaines possibles et inimaginaux. »

François Hollande, écrivain et rock-star, logique et précautionneux, a dit : « Je demande aux Français de ne pas aller dans les zones à risque car c'est dangereux. »

Jack Lang, qui ne se résout jamais à faire comme tout le monde, a dit : « Je ne voulais pas être parachuté d'en haut. »

Les libraires, eux, en entendent de toutes sortes. On leur dit : « Je cherche *J'attends un enfant*, mais je ne sais plus de qui… » ou : « Je cherche l'Ancien

Testament, à moins que vous n'en ayez un nouveau ? » « Avez-vous *Le Dernier des Mohicans* parce que mon fils a déjà le premier ? » On leur demande toute une littérature parallèle et inédite : *La Pute* de Camus, *Un garage contre le Pacifique* de Marguerite Duras, *Belle du Seigneur* des frères Coen, *Pot-au-feu* d'Émile Zola, *Vendredi ou les Dindes du Pacifique* de Michel Tournier, *Légumes du jour* de Boris Vian. De Marcel Proust on réclame *Du côté de chez Swatch*, qui en effet est également une réflexion sur le temps.

En revanche, les occasions de rire n'étant pas si nombreuses, on est sûr de ne pas se tromper en réclamant *Le Bouquin de l'humour involontaire* de Jean-Loup Chiflet, au prix certes de 30 euros mais contenant 864 pages.

En ces temps troublés, souvenons-nous de Johnny Hallyday, mort il y a tout juste un an et qui a prononcé cette phrase d'une pureté absolue : « Ce qui me rend heureux, c'est d'être heureux. »

Pleins gaz

14 décembre 2018

Les manifestants se rassemblaient, toujours plus nombreux. Les forces de l'ordre étaient à cran, la situation de plus en plus tendue. Les policiers, les CRS balançaient par centaines des grenades de gaz lacrymogène sur des manifestants toujours plus irascibles. Les rues, les boulevards, les avenues disparaissaient sous un nuage de gaz. Les yeux pleuraient, les nez coulaient, les têtes s'alourdissaient. Dans le brouillard chimique, on entendait des toux, des quintes, des râles, ceux des manifestants et ceux des policiers, tous sujets aux nausées, aux brûlures, aux œdèmes, aux irritations diverses.

Ça ne pouvait plus durer.

C'est alors que le ministre de l'Intérieur, nouvellement nommé, réunit son cabinet, ses principaux collaborateurs, le préfet de police, différents responsables de la sécurité, et leur fit part de cette décision qui allait de façon radicale transformer la physionomie des manifestations revendicatives.

« Mesdames, messieurs, la situation est gravissime, je vais prendre une mesure dont je dois vous faire part. J'ai décidé l'arrêt définitif, au cours des manifestations, des gaz lacrymogènes. »

Autour de la table, la stupéfaction était à son comble ! Un silence lourd, épais, envahit la salle de réunion du ministère. On entendit deux mouches voler tandis que le préfet de police, récalcitrant, offusqué, prit la parole…

« Comment, monsieur le ministre, vous avez l'intention d'abandonner un moyen indispensable et efficace qui jusqu'ici a réussi, bon an, mal an, à maintenir l'ordre dans un cadre extrêmement précis ? Comment, monsieur le ministre, vous avez encore l'intention d'affaiblir nos forces de l'ordre déjà mises à mal par l'interdiction des armes à feu et des bâtons télescopiques ? »

On sentait le préfet de police à bout de forces. Harassé par une déjà longue période de violences, fatigué par des journées entières de guérilla urbaine, il ne put contenir sa colère : « Monsieur le ministre, si vous deviez confirmer cette décision particulièrement malvenue, je serais au regret de vous présenter immédiatement ma démission. »

Dans le bureau du ministère de l'Intérieur, la tension était à son comble. Monta un brouhaha de protestation dans l'assemblée tandis que les deux mouches citées plus haut, afin de combattre leur légitime stress, après plusieurs loopings autour des candélabres, s'enculaient sur une commode Louis XV.

« Monsieur le préfet, mesdames, messieurs, il est évident que je ne prends pas cette décision à la légère et que si j'ai décidé la suppression des gaz lacrymogènes, c'était pour les remplacer par un autre gaz, un gaz utilisé à l'hôpital quand on doit soulager un patient victime d'une fracture. En cette période où la fracture sociale génère tant de souffrance, le gaz hilarant sera dorénavant l'arme que vous utiliserez pour vous défendre ! »

C'est ainsi que le samedi suivant, jour de manifestation (le lundi étant dévolu à la lessive, le mercredi aux enfants, le dimanche à la messe, le vendredi au poisson et à l'humour de haute volée), on vit apparaître les premiers tirs de grenade à gaz hilarant.

Dès les premiers tirs, on entendit la foule pouffer, glousser, d'abord sous cape, et rire jaune sous des gilets de la même couleur, puis beaucoup plus franchement. Bientôt, tout le monde riait, les manifestants, les policiers…

Certains réagissaient autrement, en s'endormant, en poussant des roupillons de bienheureux, anesthésiés sous l'effet des gaz hilarants. Sur les chaînes d'information passait en boucle l'image d'un policier et d'un manifestant, tendrement enlacés, tous deux allongés sur la chaussée, tous les deux réunis dans un sommeil du juste, entrecoupé parfois de spasmes folâtres. Certains, le rire aux lèvres, embrassaient les commerçants stupéfaits qui bientôt furent également pris par les convulsions incoercibles de la rigolade.

À la Maison Blanche, le président américain, découvrant, abasourdi, toutes ces images sur Fox News, pour la première fois de sa vie, les doigts engourdis sur son téléphone portable, ne trouva pas l'inspiration pour écrire un tweet.

Je fais souvent ces rêves

21 décembre 2018

Si je devais célébrer, sur le podium de mes nuits agitées, les trois rêves les plus récurrents qui traversent mon esprit malade, je ne choisirais certainement pas d'évoquer le premier, celui qui revient régulièrement quand je porte des pyjamas trop serrés et que je pourrais vous décrire en long et en large, détaillant mille fragments érotiques concernant les positions, les accessoires, les tenues, les éléments de décor (une baignoire remplie de champagne dans la grande galerie d'un château autrichien où des serviteurs avancent, le regard fier, en faisant claquer leurs fouets dans des rires sardoniques et des culottes de cuir fendues), que je pourrais vous décrire, disais-je, s'il n'était pas 9 heures moins cinq un matin où de nombreux enfants scolarisés, à cause des grippes, des laryngites, des pharyngites, sont restés à la maison. Je fais souvent ce rêve étrange et pénétrant qui me donne la gaule…

Non, je préfère évoquer les deux autres rêves qui se ressemblent un peu et que, mon goût pour la singularité dût-il en souffrir, je ne suis pas le seul à faire.

Rêve n° 2. Il est tôt. Je dois partir à l'école. Tout me ralentit. Tout m'ankylose. Je réussis cependant à monter sur mon vélo. Soudain, je m'aperçois que je suis en chaussons. En chaussons ! Alors que j'arrive à l'école, au collège, au lycée ! Je ressens la honte. Je suis risible. Je ne suis pas à la hauteur.

Rêve n° 3. Je suis comédien. Je suis sur scène. Le rideau s'ouvre. Je ne sais pas mon texte. Pas une réplique, pas une broque, rien… Je suis un personnage de Buñuel dans *Le Charme discret de la bourgeoisie*. Je transpire. Je suis indigne.

Ces rêves-là sont les rêves des travailleurs, ceux qui sont obligés de suer eau et sang pour y arriver, ceux qui n'ont pas forcément la grâce, mais le sens du ridicule et celui du devoir. Ce sont les rêves des laborieux, ceux qui avant de s'endormir, mais pas trop longtemps parce que demain il faut se lever tôt, relisent avec nostalgie *Le Droit à la paresse* de Paul Lafargue, qui pense que « le travail est la cause de toute dégénérescence intellectuelle, de toute déformation organique ». Ce que Courteline résumera d'une formule plus simple : « L'homme n'est pas fait pour le travail. La preuve, c'est que ça le fatigue. »

L'autre jeudi, Frédéric Beigbeder est venu au studio en chaussons, il est venu sans savoir son texte. Sentiment de panique, de vide, de vertige. On se plaint au médiateur, on parle d'indécence, on oppose sa vacuité au boulot fourni par les autres. On s'énerve. On se crispe. On s'excite.

Et moi, je voulais remercier Frédéric de nous avoir montré que ces cauchemars sortis de l'enfance finalement ne sont pas si graves, puisqu'il n'y a pas mort d'homme, puisque la vie continue, puisque personne n'est un surhomme, puisqu'on a le droit de se tromper, puisque l'expression d'une faille, d'un manque, exprimée en direct devrait nous rendre compréhensifs, magnanimes, attentifs, indulgents, tant l'expression d'une faiblesse devrait conforter notre amour pour la différence qui ne doit pas être qu'une abstraction, tant on a le droit de temps en temps de décevoir, de ne pas être au top, d'être imparfait, insuffisant, lacunaire, c'est-à-dire simplement humain.

C'était l'abbé Morel qui s'exprimait dans cette période de l'Avent, temps de réconciliation et de paix vu que Jésus sans déconner, dans quatre jours si je me trompe pas, en tant que fils de Dieu il va apporter l'amour sur terre ni plus ni moins, et que ça va faire tout drôle n'empêche.

Joyeux Noël, Frédéric ! Joyeux Noël, mes collègues ! Joyeux Noël, tout le monde !

BOUCQ

Comment lutter contre la gueule de bois

28 décembre 2018

Comment lutter contre la gueule de bois ? Trois jours avant le réveillon, voici une chronique indispensable puisque nous savons que notre auditorat est effectivement composé de beaucoup de personnes âgées, de retraités de l'Éducation nationale, mais aussi, et ce n'est pas incompatible, de nombreux alcooliques.

Une réunion de crise a été organisée dans le bureau de notre directrice Laurence Bloch afin d'apporter une réponse ferme à la gueule de bois qui pourrait venir perturber, de façon pernicieuse et dommageable, l'antenne, notamment au matin du 1er janvier.

Laurence Bloch a pris la parole de façon très solennelle pour apporter sa solution, sa solution personnelle qu'elle a mise en pratique, plus souvent qu'à son tour.

« J'ai eu un ami proche venu de la lointaine Mongolie-Extérieure qui chaque matin sur son cheval qu'il montait à cru me faisait l'amour et me préparait une décoction d'une petite quinzaine d'yeux de brebis, dans une saumure fraîche additionnée de salpêtre et d'aromates. Cul sec, j'ingurgitais ça et j'aime autant vous dire que j'étais en forme pour toute la journée. Depuis, c'est ce que je prends tous les matins avant mon premier café calva et je peux vous dire que ce n'est pas seulement un bain de jouvence, c'est aussi un produit de beauté puisque la saumure peut très bien ensuite être réutilisée pour un shampoing tonifiant qui fortifie le cuir chevelu et densifie la crinière. »

Tout le monde, les animateurs, les journalistes, les chroniqueurs de France Inter prenaient des notes, attentifs et admiratifs, chacun reconnaissant que la place de directrice n'était sûrement pas usurpée quand elle était occupée par quelqu'un d'aussi expérimenté, ne rechignant jamais à partager tout ce qu'une vie riche et mouvementée lui avait permis d'acquérir.

Thomas Legrand prit la parole. « Personnellement, quand je me suis arsouillé la veille, à la place de mon café au lait, je prends un verre de vin, ou une bière agrémentée de whisky, ou un petit verre d'alcool fort car, comme disait mon grand-père, “il faut soigner le mal par le mal”. »

Marie-Pierre Planchon, la Calamity Jane de la pluie et du beau temps, préconisa sa solution ramenée d'un voyage au Far West. « Pour ma part, fit-elle, je me prépare du mou de porc rôti accompagné d'une infusion de crottes de lapin.

— Je n'ai jamais essayé mais ça peut être intéressant, fit valoir notre directrice Laurence Bloch. Je sais par ailleurs que les excréments de léporidés sont utilisés en cosmétique pour combattre notamment la chute des cheveux.

— Je crains, chère Laurence, que vous ne soyez hors sujet, fit entendre Claude Askolovitch, remuant les bras comme un pantin parkinsonien, ce ne sont pas les cheveux qui tombent qui nous préoccupent mais ceux qui font mal ! »

Thomas Legrand, coauteur de *La République bobo*, regretta qu'aussi bien les yeux de brebis que le mou de porc et les crottes de lapin ne constituent pas des solutions véganes, et pour sa part, les lendemains de cuite, il préconisait toujours un petit verre de blanc, par exemple un petit chablis ou un aligoté, qui pouvait avoir des vertus thérapeutiques. « Il faut rhabiller le petit, conclut Thomas, citant son grand-père.

— C'est marrant, souligna Laurence Bloch, un petit blanc sec, je sais que ça réhydrate le cuir chevelu, facilite le coiffage tout en apportant un peu de nutrition à des cheveux abîmés après des shampoings trop fréquents. »

C'est ainsi que le 1er janvier, dans le bureau de la directrice, aura lieu une réunion sponsorisée par différents cavistes du 16e arrondissement afin de partager les différents moyens d'aborder l'année de la façon la plus saine qui soit.

Des idées pour l'année

4 janvier 2019

Il était temps que je prenne la parole. D'abord pour vous souhaiter en ce début 2019 la bonne année. Mon copain Denis me dit : « De toute façon, elle ne peut pas être pire que la précédente ! » Eh bien si, rassurez-vous. L'année 2019 peut être pire que 2018. La liste des catastrophes, des désastres, des calamités en tout genre n'a pas été complètement épuisée en 2018. Ainsi que l'a dit Claude Lelouch, « Le pire n'est jamais décevant ». Abordons donc 2019 avec confiance et détermination.

Personnellement, je continuerai d'apporter mes lumières à la France. J'espère qu'on ne m'écoutera pas seulement dans les voitures, les cuisines et les salles de bains, mais aussi en haut lieu.

Je pense que cette année, il faudra diminuer les impôts et augmenter la charge publique. Augmenter le nombre et le salaire des policiers, des infirmiers, des professeurs mais aussi des professeures, des infirmières et des policières. En revanche, on peut opérer certaines économies. Je ne prendrai qu'un seul exemple, monsieur Baddou : est-il utile de continuer à acheter les sapins désodorisants fraîcheur forestière qu'on trouve accrochés aux rétroviseurs intérieurs dans les voitures de l'administration ? Je ne suis pas sûr… Ça coûte quand même 1,79 euro l'unité. On multiplie 1,79 par le nombre de véhicules en circulation et ça fait déjà un joli petit pactole. Ne vous déplaise, monsieur Baddou.

La question de l'immigration… Bien sûr, il faut fermer les frontières. Construire des murs tout autour du pays. Assécher les ports, les plages partout où il y en a, afin que les bateaux de réfugiés ne puissent pas accoster.

L'Europe, il faut quitter l'Europe tout en gardant ses avantages. Il faut continuer à exporter nos produits tout en refusant l'importation de ce qui peut très bien être produit en France. Pourquoi n'a-t-on pas ce courage politique, monsieur Baddou ?

Le réchauffement climatique, alors là, on en entend parler tous les jours et je pense qu'il y a quand même des moyens de le contourner assez facilement sans changer nos habitudes. Par exemple, il suffirait régulièrement d'asperger le soleil afin de le faire descendre en température. C'est exactement ce que vous faites, monsieur Baddou, avec une poêle que vous jetez dans l'eau froide quand elle a chauffé sur la gazinière. Alors, attention, je ne dis pas que c'est facile. Mais je dis que c'est une question d'ambition et de volonté. À mon avis, il faudrait déjà du gros tuyau d'arrosage à gros diamètre. Il ne faut pas lésiner sur le matériel, prendre par exemple du tuyau extensible à gaine intérieure cannelée. Ce qui serait bien, c'est d'avoir le manchon de protection souple à chaque extrémité. Alors, je sais, c'est plus cher, ça demande un peu d'investissement, évidemment, mais on n'a rien sans rien. Il ne faut pas mégoter sur la qualité. Alors, je sais ce qu'on va me dire, c'est que c'est une solution irréaliste, utopiste. J'entends déjà, monsieur Baddou, tous les discours du renoncement et du manque de courage politique ! Comment peut-on le savoir puisqu'on n'a jamais essayé !

Il y a d'autres problèmes. J'ai d'autres solutions. Souffrez que je ne dévoile pas tout ce matin. J'ai toute une année à tenir, moi…

L'ère du poulet

11 janvier 2019

2019, une année de plus dans l'ère du poulet. Car je ne sais pas si vous le saviez mais nous vivons l'ère du poulet. Non, je ne veux pas aujourd'hui parler des violences policières ou de l'aspiration sécuritaire généralisée, mais de l'extraordinaire présence des gallinacés sur la planète Terre. Quand, dans des centaines de milliers d'années, des paléontologues feront des fouilles, à peu près n'importe où dans le monde, quelle que soit la région du globe, quel que soit le continent, ils tomberont essentiellement sur des os de poulet. Des furculas, des bréchets et des ceintures scapulaires. Et ils s'interrogeront. Pourquoi, se demanderont-ils, nos ancêtres avaient pour le poulet cette passion absolue ? Pourquoi tous ces ossuaires de gallinacés qui recouvrent la couche terrestre ? Pourquoi ?

On se demande parfois ce qu'on laissera à nos enfants. Quel sera l'héritage qu'on transmettra à nos descendants. Ne vous posez plus la question. Dans des centaines de milliers d'années, quand il ne restera plus rien du mouvement des Gilets jaunes, des œuvres de Jeff Koons et peut-être même du musée du Louvre, quand il ne restera rien des livres qui nous passionnent, des films qui nous enthousiasment, des musiques qui nous font vibrer, de nos baisers volés et de nos regards échangés, de nos désirs et de nos espérances, de notre appétit de vivre et de notre soif d'absolu, il y aura toujours des os de poulet.

Les poulets pèsent à eux seuls trois fois plus que l'ensemble des oiseaux sauvages réunis voletant en ce moment dans le ciel. Il existe actuellement 23 milliards de poulets sur terre. 23 milliards de poulets qui seront morts, abattus pour être mangés dans moins de six semaines, ce qui veut dire que dans un mois et demi 23 milliards de nouveaux poulets qui seront morts et ingérés un mois et demi plus tard seront à nouveau remplacés par 23 milliards de poulets, comme des armées successives mortes au combat du consumérisme de masse. Ah, si les poulets savaient s'organiser, ils pourraient se fédérer en syndicats, en ligues, en partis, ils pourraient devenir (qui sait ?) les maîtres du monde, décider que le chant du coq serait facultatif ou, mieux, interdit à certaines heures trop matinales, ils pourraient convenir que la circulation du renard serait désormais surveillée, nécessiterait un passeport diplomatique délivré par les seuls gallinacés compétents, ils pourraient décréter qu'une véritable politique de réhabilitation des poulaillers les plus vétustes serait entreprise partout dans le monde, que la question de la qualité de la vie dans les poulaillers industriels serait mise sur la table…

Le problème est que la durée de vie d'un poulet est de moins de deux mois. Comment voulez-vous engager des discussions quand on a une durée de vie si courte ?

Les coqs et les poules, les poulets bio et les poulets certifiés auraient besoin de temps pour se coaliser.

Regardez la difficulté qu'a la gauche aujourd'hui pour s'organiser, ne serait-ce que pour exister aux prochaines élections européennes qui auront lieu dans quelques mois.

Le poulet, comme la gauche, semble n'avoir pour seule vocation que témoigner sans pouvoir prendre part aux décisions qui justement auront des conséquences sur l'avenir de la planète.

C'est triste ? Ben oui, un peu.

Niort, Houellebecq et les audiences

18 janvier 2019

Ce qui manque à France Inter pour devenir la première radio de France, en gros, c'est Niort. La ville de Niort, chef-lieu du département des Deux-Sèvres, région Nouvelle-Aquitaine. La ville de Niort compte 59 005 habitants. Ce qui manque à France Inter pour passer devant RTL, c'est 62 000 auditeurs. Oui, donc Niort plus deux communes avoisinantes, disons Saint-Symphorien et Saint-Rémy. C'est rien du tout ! Attention, je ne dis pas que Niort (plus Saint-Symphorien et Saint-Rémy) c'est rien du tout mais avouez que c'est rageant de se dire que rien qu'avec Niort (plus Saint-Symphorien et Saint-Rémy), on pourrait afficher partout, sur les murs, sur le cul des bus : « France Inter, la première radio de France ! » Surtout qu'on n'a pas la chance tous les quatre matins qu'un ministre à l'antenne vienne annoncer sa démission pour booster un peu les audiences.

Si j'ai pris Niort – oui, plus Saint-Symphorien et Saint-Rémy – comme mesure de différenciation entre

RTL et France Inter, c'est bien sûr à cause du livre de Houellebecq où il parle de Niort (notons qu'il ne mentionne ni Saint-Symphorien ni Saint-Rémy). « Niort, écrit Houellebecq, une des villes les plus laides qu'il m'ait été donné de voir. »

Évidemment, les Niortais aussitôt se sont énervés, sont montés au créneau pour se révolter. Le député local a invité Houellebecq à sortir de sa bulle parisienne et à venir voir les Niortaises et les Niortais qui pourraient lui faire découvrir les richesses de leur ville.

Bon. Mais n'est-ce pas une chance pour Niort d'être mise en lumière par un auteur en vogue qui fait aussi bien la couverture des *Inrockuptibles* que de *Valeurs actuelles* ? Le succès de Houellebecq montre que ce n'est pas la tendresse, la gentillesse et les villages fleuris qui attirent le public, c'est la description cynique et amusée de la laideur.

Élus niortais, population niortaise, plutôt que de jouer les victimes mortifiées par une charge gratuite, saisissez la chance qui vous est offerte ! Communiquez sur la laideur de votre ville.

Croyez-vous que les panneaux indiquant un des plus beaux villages de France intéressent encore qui que ce soit, à part peut-être deux ou trois fanatiques énamourés de Stéphane Bern ?

Communes, villes, cités, présentez-vous sous vos aspects les plus répugnants. Créez des associations destinées à promouvoir les arguments touristiques des communes riches du patrimoine le plus pauvre. Élisons « le plus dégueulasse village de France », « la ville de France la plus corrompue », « le bourg le plus abject », « la commune la plus commune ». Imaginez les disputes entre les villes compétitrices. « Nous, on a eu la piscine grâce à un marché truqué. – Oui, mais nous, tout l'argent pour les logements sociaux, on l'a mis dans les ronds-points ! »

Des tour-operators organiseraient des excursions pour montrer ici une école pleine de rats, là un immeuble qui d'une minute à l'autre pourrait s'écrouler ! Sortez vos téléphones portables et faites des photos pour immortaliser l'ordure et l'infamie ! Ici, la ville la plus pourrie de la région parisienne, avec ses magouilles. Avec un peu de chance, on verra le maire et sa femme qui nous feront un doigt d'honneur !

Quand le beau ne fait plus vendre, valorisons le laid.

D'autant que le laid est assez drôle quand il est décrit par Houellebecq, qui écrit des phrases aussi longues que celles de Marcel Proust mais dans lesquelles il emploie plus souvent le mot « bite » même si ce sujet n'est sans doute pas absent des préoccupations de Marcel Proust, mais de façon plus allusive…

Le narrateur de Houellebecq est un électeur de Wauquiez selon Griveaux. Il fume et roule au diesel. Il conduit une Mercedes G350 TD et soupire avec mélancolie : « Je n'aurai peut-être pas fait grand-chose de bien dans ma vie, mais au moins j'aurai contribué à détruire la planète. »

Consoler le berger

25 janvier 2019

C'est une histoire que j'aime beaucoup.

Robert Doisneau, dans le sud de la France, du côté de chez Giono, dans les Alpes, en Provence, un jour, dans un bistrot, rencontre un berger. Le berger lui parle de la transhumance, des centaines de moutons qui partent dans le petit matin, de la fidélité des chiens, de la longue marche, de la nature matutinale quand elle s'éveille, de la douceur des soirées, de la profondeur des sommeils. Robert donne son adresse. « Je viendrai ! Ça m'intéresse. » Le berger se dit : « Un Parisien, ça parle en l'air, il viendra pas. » Une semaine avant la transhumance, il prévient quand même Doisneau pour vérifier son pressentiment, mais le jour du départ, contre toute attente du berger, Robert est là, avec ses appareils photographiques, ses rouleaux de pellicule et une casquette sur la tête parce que le matin il fait pas chaud et l'après-midi, par contre, le soleil, ça tape.

Le voyage de transhumance accompli, des centaines de photos faites, le photographe salue le berger qui lui dit : « Ce qui serait mieux, c'est que vous reveniez dans quelques mois parce que là, on refait le voyage mais dans l'autre sens, les moutons ont repris du poil de la bête, et comme ça, vous ferez des photos encore plus belles… »

Quelques mois plus tard, Robert est de nouveau là, fidèle au poste, pour accompagner le berger. Il a toujours ses appareils, ses pellicules argentiques et sa casquette, parce que l'après-midi c'est un vrai cagnard alors qu'au petit matin, j'aime autant vous dire, il fait pas si chaud que ça…

Mais cette fois, ça se passe mal. Un jour, un camion fonce dans le troupeau. Des moutons se font écraser, et deux chiens aussi.

Rentré à Paris, Doisneau raconte son histoire à Jacques Prévert, qui lui demande : « Tu as pris des photos ? – Non, répond Robert, j'ai consolé le berger. »

Et Prévert le poète souligne justement : « Et c'était comme si la vie, en instantané, avait fait le portrait de Doisneau. »

Robert Doisneau a photographié le jazz et la java, des artistes lyriques et des chanteurs de bar, des compositeurs de musique contemporaine et des musiciens de baloche, sans a priori, avec ce goût des autres qui était sa marque de fabrique.

Ce matin, je vous parle de Doisneau parce que le problème, avec les expositions, quand elles durent longtemps, c'est qu'on croit qu'on a le temps. Par exemple, pour l'exposition « Doisneau et la musique », on se dit qu'on est tranquille, vu qu'on a jusqu'au 28 avril 2019.

Mais vous savez ce que c'est, le mois de janvier est quasi terminé, février est si court qu'on ne le voit pas passer, en mars on regarde les giboulées, en coup de vent arrive avril, et le 1er mai on se dit : « Merde ! L'expo Doisneau, on l'a ratée. »

Ce qui serait dommage parce que cette exposition, dont la commissaire est Clémentine Deroudille (le terme « commissaire » va aussi bien à Clémentine qu'à moi un tutu de danseuse étoile), parce que cette exposition, disais-je, accompagnée par la musique de Moriarty, parce que cette exposition, me répétais-je, qui présente aussi bien des photos de Jacques Higelin que de la chanteuse Madame Lulu, de Thomas Fersen que de l'accordéoniste Pierrette d'Orient, par sa beauté, sa chaleur, son humour, sa façon joyeuse et légère de traverser les époques et les émotions, serait capable de consoler bien des bergers.

Pas un ordre, juste une invitation : achetez le disque d'Antoine Sahler

1er février 2019

Aujourd'hui, 1er février, Antoine Sahler sort un disque et c'est l'information principale de la journée. Achetez son disque. Écoutez ses chansons. C'est pas un ordre, juste une invite, une invitation, une suggestion, un conseil, une recommandation.

Oui, c'est du copinage. Mais pourquoi le copinage serait forcément haïssable ? Pourquoi une chronique pour un copain serait obligatoirement suspecte ? S'il se trouve qu'en plus de l'affection, on a de l'admiration pour son copain et qu'on voudrait voir son talent reconnu par le plus grand nombre, pourquoi aurait-on tort d'attirer l'attention pour un ami qui justement, et ça tombe bien, a une tête de copain ?

Antoine Sahler sort un disque. Achetez-le. C'est pas un ordre, un petit peu quand même. Fin de ma chronique.

L'amitié a ceci de bien par rapport à l'amour qu'elle est volontiers partageuse. L'amour est jaloux, parfois inquiet, anxieux, mais l'amitié se distribue comme des bonbecs dans la cour de récréation, l'amour peut être exclusif mais l'amitié s'agrandit en même temps qu'elle se divise, et la fraternité ne se décrète pas, ne se trouve pas forcément là où on l'attendrait.

Antoine Sahler sort un disque aujourd'hui. Achetez-le. Écoutez-le. Fin de ma chronique. Il n'y a rien d'autre à dire.

Parce que Antoine Sahler fait des chansons. Des chansons tristes qui sont marrantes. Des chansons marrantes un peu mélancoliques. Des chansons qui évoquent les couples séparés, les semaines B, les couples qui perdent, qui durent, les couples qui perdurent, les aubergines en janvier, les clémentines en juillet, non mais franchement vous me voyez faire le critique musical ? « On peut tourner la page depuis qu'on sait danser sous les orages. »

Vous me voyez dire que ce jeune homme sait écrire des textes impeccables sur des musiques acidulées ? Vous me voyez signaler qu'il a le chic pour écrire des refrains impeccables, resserrés. « On rêve d'ailleurs. D'ailleurs, on rêve. »

Antoine Sahler sort un disque aujourd'hui. Écoutez-le. Achetez-le si vous pouvez, si vous trouvez le dernier disquaire résistant qui a réussi à rester dans sa boutique, indifférent aux tempêtes du streaming, aux bourrasques de la musique en ligne, aux ouragans de Spotify et de la musique en tornades, en trombes, en tourbillons, si vous prenez le temps de le commander sur Internet, si vous êtes dégourdi, débrouillard, malin. Antoine Sahler sort un disque aujourd'hui. Que vous pouvez bien sûr télécharger, personne ne vous en voudra, mais que vous pouvez aussi acheter physiquement vu que la pochette est jolie, les paroles imprimées et les photos d'Aglaé Bory.

Antoine Sahler sort un disque avec du violoncelle et un quatuor à cordes et des saxophones et des chœurs et des guitares acoustiques et électriques. Qu'est-ce qu'il faut vous dire de plus ? Qu'il est en concert le 11 février au Théâtre des Étoiles, 61, rue du Château-d'Eau à Paris, que le disque est produit par le Furieux, mixé par David Chalmin, mastérisé par Raphaël Jonin et dédié à Germain Hubert. Vous risquez d'oublier.

Souvenez-vous juste qu'Antoine Sahler a fait un disque et qu'il sort aujourd'hui.

Oui, Antoine, tu veux dire quelque chose ?

« Merci, merci, merci, merci… »

Comment conclure le grand débat ?

8 février 2019

Comment conclure le grand débat ? Parce qu'il faudra bien que ça s'arrête un jour. Ça a donné lieu à des grandes émissions originales l'après-midi, certains ont même renoncé à visionner les rediffusions de *Columbo* ou du *Commissaire Maigret* pour regarder ces grands raouts dans des régions dont habituellement on n'entend parler qu'au mois de juillet quand il y a le passage du Tour de France. Ça a permis de découvrir tout un tas de maires de petites communes. Ça a donné un formidable coup de projecteur sur leurs villages et sur eux-mêmes. Jusque-là, quand on était l'édile d'un petit village, ancien professeur d'histoire ou de comptabilité, la seule façon de passer à la télé, c'était de s'inscrire au casting de « Questions pour un champion ». Là, même plus besoin de se casser le crâne pour savoir si on choisit le questionnaire sur les grands fleuves d'Europe ou les Michel célèbres, et puis non finalement je vais prendre le thème mystère parce que j'aurais préféré prendre les fromages de nos provinces mais hélas Martine les avait déjà choisis…

Enfin, bon, là, il a suffi de mettre un costume et une cravate, se rendre jusqu'au gymnase Olivier-Stirn ou à la salle Gérard-Lenorman, préparer un petit discours pour dire qu'il y a trop de contraintes et pas assez de médecins, trop de taxes et pas assez de bureaux de poste, que la maternité est trop loin et la centrale nucléaire trop proche, et à la fin avoir droit à la logorrhée du président qu'on n'oublie surtout pas de remercier d'avoir fait le déplacement jusqu'ici alors qu'il a sûrement autre chose à faire, et qu'on a été drôlement content de l'écouter vu qu'il est aussi loquace que Julien Lepers et aussi souriant que Samuel Étienne.

Bon, mais à un moment donné, on aimerait bien que quelqu'un dise comme Jean-Claude Dusse dans *Les Bronzés* : « Je sens que je vais conclure » parce que la discussion ne peut pas être éternelle. Surtout qu'on aurait pu penser que les problèmes des Français étaient connus des gens qui avaient sollicité le pouvoir et que même c'était justement pour ça que certains avaient souhaité devenir président de la République il y a deux ans.

Visiblement non. Il n'est jamais trop tard, vous me direz. Non, mais il n'est pas trop tôt non plus…

À un moment donné, il faudrait arrêter de discuter et se mettre au boulot. Je rappelle qu'il y a pas mal de chantiers à régler, au hasard, j'en signale deux, trois… L'éclairage public est défectueux à Saint-Rémy-les-Moutiers, la chaussée est très glissante au niveau du lieu-dit la Rigaudière sur la route entre Montilly et Caligny, essentiellement à cause du passage des bêtes de la ferme des Dubuisson, à Saint-Ferouz-sur-Lisons, les volets électriques de la mairie ont tendance à rester coincés au premier étage, par ailleurs la ligne 12 du métropolitain est améliorable. Pas mal de pain sur la planche, donc. À propos, à Saint-Cornier-des-Landes, on cherche un couple de boulangers pour remplacer les précédents. Vous me direz : « Il y a le Cocci Market. » Je vous dirai : « C'est sûr, mais ça remplace pas complètement la boulangerie, surtout si on aime les chouquettes. »

Comment conclure le grand débat ? Un feu d'artifice, une marche blanche, un grand pique-nique, ou alors une super méga réunion publique où on rediscuterait tous ensemble, un référendum ?

Sinon, il y a toujours la solution de demander à Jean-Louis Borloo de faire la synthèse de tout ça et puis on rediscutera de tout ça, mais alors, dans ce cas-là, plutôt à l'occasion.

Pénibilité au travail

15 février 2019

Je ne dis pas que mon métier est le plus désagréable du monde. Chroniqueur à la radio une fois par semaine pendant trois minutes trente ne peut pas concurrencer, en termes de pénibilité au travail, conducteur d'engins du BTP, métallier, ouvrier qualifié des travaux public du béton et de l'extraction ou coiffeur de directrice de France Inter.

Je ne dis pas non plus que c'est le métier le mieux payé du monde mais il faut être juste et admettre avec honnêteté que ça laisse quand même pas mal de temps de libre si l'on considère qu'en gros, on embauche un jour à 8 h 57 et à 9 heures pétantes on peut partir en week-end.

C'est pour ça que, personnellement, avec mes émoluments de France Inter, j'attends tranquillement l'âge de la retraite qui, normalement, ne devrait pas trop tarder à arriver et qui donc ne va pas fondamentalement bouleverser mon emploi du temps.

Ce qui est bien aussi, c'est que globalement les gens ici sont plutôt gentils avec moi, voire souriants, quand ce n'est pas affables. Il n'est pas rare que Juliette Hackius, par exemple, qui est quand même l'assistante de Nicolas Demorand, donc soumise au plus grand stress, et qui sûrement un jour sera appelée aux plus hautes fonctions, me propose, très aimablement : « François, puis-je vous proposer un petit café ? » Avec enthousiasme, je lui réponds : « Oh oui, je veux bien, avec plaisir ! » Elle me demande (parce que jusqu'au bout elle est soucieuse de ma satisfaction) : « Vous voulez un sucre ? » Je lui rétorque : « Bien sûr que non, comment croyez-vous qu'après toutes ces années, j'ai réussi à conserver ce corps de rêve si ce n'est pas le résultat d'une attention sans cesse maintenue ? – Oh, fait-elle, baissant les yeux, vous me faites rougir… »

Oui, l'ambiance est bonne à France Inter.

La semaine dernière, en plein direct, devant ce même micro, je me suis aperçu que j'avais les doigts pleins d'encre à cause d'un stylo qui avait coulé – c'est vérifiable sur les écrans vidéo, même si je ne peux plus demander à la caméra de Gilbert Larriaga de faire un gros plan vu qu'il nous a quittés en début de mois et que j'en profite pour saluer sa mémoire –, Sonia Devillers, elle-même, en personne, est allée chercher dans son sac un mouchoir humecté afin que je me nettoie les mains.

Enfin tout ça pour vous dire que je ne me plains pas de mes conditions de travail et que, tant qu'à être employé par Radio France, je préfère mon poste à celui de responsable de la maintenance électronique, avec contrôle des sauvegardes, des licences antivirus, systèmes d'exploitation, mises à jour et sécurisations des données, vu que certainement je maîtriserais moins bien le sujet.

Mais commenter l'actualité pour tenter de la rendre un peu moins lugubre, ce n'est pas si facile. Par exemple, la montée des violences de toutes sortes, l'agressivité des beaufs dans la rue, sur les réseaux sociaux le harcèlement des bobeaufs, l'augmentation de 74 % des actes antisémites en 2018, l'inscription « Juden » taguée sur un magasin Bagelstein, les croix gammées sur les portraits de Simone Veil ne me font rire qu'à moitié, et ne m'inspirent pas spécialement pour écrire des notations cocasses qui pourraient alléger l'ambiance.

Bon, allez, faut pas me plaindre, à la fin de ma phrase, j'aurai fini ma semaine.

[illegible] d'exploitation mises à jour et acquisitions de données [illegible] certainement [illegible] [illegible].

Nous comprenons [illegible] de la [illegible] qui [illegible] figurer [illegible] est [illegible]. Par exemple, la monde des [illegible] de [illegible] [illegible] [illegible] [illegible] [illegible] 2018 [illegible] [illegible] [illegible] les [illegible] [illegible] sur les [illegible] de [illegible] [illegible] pas spécialement pour [illegible] [illegible] qui [illegible] [illegible].

[illegible] ne [illegible], à la fin de [illegible] [illegible] [illegible] [illegible]

[illegible]

[illegible] pos[illegible] [illegible] d[illegible]

[illegible] ent [illegible] llar[illegible] de l[illegible]

[illegible] et M[illegible] R[illegible] S[illegible]

[illegible]

la p[illegible] [illegible]

[illegible]

En direct de Nouvelle-Cannelloni

22 février 2019

(D'un ton légèrement aviné.)

Bonjour, en direct de Nouvelle-Cannelloni, de Nouvelle-Cadélonie, de Nouvelle-Canélodie, François Morel. Et je voudrais par avance m'excuser des diverses difficultés de liaison et d'expression dues essentiellement au décalage horaire. Aujourd'hui, devant le micro, c'est un homme en colère qui vous parle, c'est un homme aux abois. C'est un homme exaspéré : moi.

Je voudrais revenir en effet, sans a priori, sur la polémique récente qui a opposé deux ministres du gouvernement, M. Didier Guillaume, ministre de l'Agriculture, et Mme Agnès Buzyn, ministre de la Santé.

Je voudrais simplement exposer les faits de la façon la plus objective, la plus impartiale possible…

M. Guillaume, avec énormément d'acuité, d'intelligence, de bon sens, a déclaré, très justement et je l'en félicite et voudrais le remercier pour cette déclaration pleine de discernement et de patriotisme : « Le vin n'est pas un alcool comme les autres. Je n'ai jamais vu un jeune qui sort de boîte de nuit et qui est saoul parce qu'il a bu du côtes-du-rhône, du crozes-hermitage, du bordeaux ou du costières-de-nîmes. »

Il faut être juste, M. Guillaume n'a certainement jamais vu non plus un vieux sortir d'une soirée choucroute et qui était saoul parce qu'il avait bu une vodka-pamplemousse, un Sex on the beach, une vodka mule ou une caïpiroska.

En revanche, M. Guillaume, et c'est tout à son honneur de le signaler, n'a jamais vu, et il l'a dit, sortant d'une boîte de nuit, un jeune torché au côtes-du-rhône, au crozes-hermitage, au bordeaux, au costières-de-nîmes, il aurait pu ajouter au gewurztraminer, au vin d'Arbois, au muscadet, au coteaux-du-layon, au jasnières, au tavel, au champagne afin de faire plaisir à encore plus de terres viticoles qui font la fierté de la France.

Mme Buzyn, très perfidement, très agressivement, et je ne suis pas de parti pris, a répondu : « La molécule d'alcool contenue dans le vin est exactement la même que celle contenue dans n'importe quelle boisson alcoolisée. »

La molécule d'alcool ! Alors que lorsqu'on parle du vin, on évoque son moelleux, son millésime, sa souplesse, son élégance, sa cuisse, mais sa molécule jamais !

Je suis très déçu, madame Buzyn, par votre réflexion qui est celle d'une mauvaise Française, je n'hésite pas à le dire, surtout au moment où l'on apprend que la France, et on se doit de le regretter, n'est plus le premier pays consommateur de vin. Où est-il, madame Buzyn, votre esprit de compétition ? Se faire dépasser par les Américains en termes de volumes, par les Lutisaniens, les Lusinatiens… les Portugais, par tête d'habitant, mon cœur saigne.

Personnellement, depuis plusieurs heures déjà, j'ai tenté, avec mes faibles moyens, de remettre la France sur la plus haute marche du podium mais, animé par mon seul esprit de gagneur, stimulé par une détermination sans faille, je ne vais pas y arriver tout seul.

C'était François Morel, puisqu'à cause du décalage horaire je faisais ma chronique en direct de l'apéro et de la Nouvelle-Cadénolie, Canélodie, Cadéronie, Ca…

BOUCQ

Nénette a 50 ans

1er mars 2019

Bon anniversaire, Nénette !

Nénette a 50 ans.

Elle habite à Paris, dans le 5e arrondissement, elle est née en Asie et ne fait rien de ses journées. (Voilà, on est bien sur France Inter qui ne s'intéresse qu'aux bobos du 5e arrondissement, qui plus est quand ce sont des immigrés improductifs.)

Attendez, Nénette a 50 ans, mais pas forcément aujourd'hui, ni demain, ni hier.

Nénette a à peu près 50 ans vu qu'elle est née vers 1969 dans une île du Sud-Est asiatique et que le jour de sa naissance n'a été consigné sur aucun livret de famille, et qu'aucun officier d'état civil de Bornéo n'a été mis au courant de l'apparition de cet orang-outang femelle.

Nénette a 50 ans, plus ou moins, a 50 ans grosso modo, a 50 ans ou à peu près, comme Laurent Delahousse, David Douillet et MC Solaar, comme moi si je n'avais pas dix ans de plus.

Nénette a 50 ans et réside à la ménagerie du Jardin des Plantes.

Nénette a été l'actrice principale du film *Nénette* de Nicolas Philibert. Vous connaissez une autre actrice qui a donné son nom au titre du film dont elle est la vedette ? Non, il n'y a que Nénette, Nénette qui avait une petite quarantaine – c'était en 2010 – et faisait du cinéma sans le savoir, comme un M. Jourdain primate, faisait du cinéma sans en avoir même jamais rêvé, faisait du cinéma dans un film qui ne s'est pas spécialement embarrassé d'un pitch, d'un synopsis, d'un scénario, de travellings et de mouvements de caméra trop compliqués. Nénette se laissait regarder, comme tous les jours, et elle posait son regard lourd, vaguement indifférent, légèrement sceptique, sur les visiteurs du Jardin des Plantes.

Un acteur français du nom de Jacques Weber, pour jouer le vieux Krapp dans *La Dernière Bande* de Samuel Beckett mise en scène par Peter Stein, allait rendre visite à Nénette, simplement pour l'observer et ramasser dans sa mémoire des attitudes capables d'exprimer les abysses de la solitude et de la perdition et des ténèbres intimes.

Nénette est inspirante. Nénette a 50 ans. Elle a eu des enfants, des garçons – quatre –, tous nés à Paris. Elle est veuve de Toto, s'est mise en ménage avec Solok qui arrivait de Leipzig. La vie… Nénette a 50 ans et fait partie d'une sous-espèce en danger critique d'extinction…

La vie, la vie… La mort.

Nénette a 50 ans. Si vous passez au Jardin des Plantes, aujourd'hui ou demain, ou plus tard, souhaitez-lui un bon anniversaire. Surtout n'apportez ni fleurs, ni cadeaux, ni sucreries, ni chocolats, juste un regard de compassion, d'affection, de fraternité, de solidarité…

Nénette a 50 ans, ou un peu plus, ou un peu moins, plus ou moins comme vous, plus ou moins comme moi.

Elle est fragile, innocente et perdue.

Quand même, bon anniversaire, Nénette.

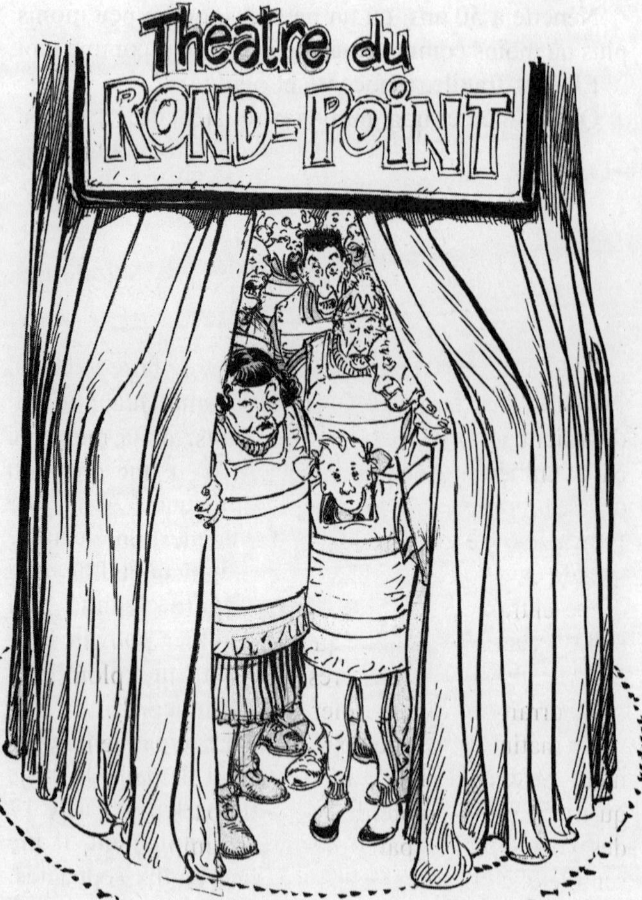
Théâtre du
ROND-POINT
BOUCQ

Chronique lexicale

8 mars 2019

Je ne veux pas donner l'impression de faire la leçon, surtout à des journalistes ou des commentateurs qui devraient maîtriser le sens des mots, mais même si ça m'embête de devoir intervenir pour une question de terminologie, j'y suis obligé puisque l'Académie française ne s'est pas penchée sur la question, occupée qu'elle était à se demander si un entraîneur était le mari d'une entraîneuse, si une abbesse était la femme d'un abbé. Et après tout, puisqu'un plombier pouvait bien être amateur de plombières, pourquoi une plombière ne pourrait-elle pas raffoler des plombiers ?...

Ce matin, chronique lexicale pour évoquer le mouvement des Gilets jaunes annoncé pour demain. Je crois qu'il serait préférable de cesser de parler de l'acte 17 des Gilets jaunes parce que, tout simplement, il me semble que ça n'existe pas une pièce en dix-sept actes.

Jamais. Nulle part.

Un acte est la subdivision principale d'une pièce de théâtre.

Dans le théâtre classique, le tarif, c'est cinq actes. Dans le théâtre moderne, ça dépend, ça varie entre un et cinq actes. Même quand il y a beaucoup de péripéties, d'intrigues qui se mêlent, d'imbroglios, même quand les actions sont nombreuses, les histoires multiples, même quand le dramaturge est sous acides, on ne trouve jamais dix-sept actes. Les acteurs seraient exsangues, les spectateurs perdraient patience.

Un acte se caractérise par une unité de temps. Là, d'accord, c'est le samedi après-midi, mais un acte se définit aussi par une unité de lieu. Donc, là, ça ne va plus du tout parce qu'au contraire, chaque samedi, il y a précisément multiplicité de lieux. Paris, les Champs-Élysées, République, le centre de Bourges, de Lille, de Grenoble, de Bordeaux, la place du village de Saint-Élix-le-Château…

Quand au début du mouvement, un samedi d'automne, les Gilets jaunes ont investi les ronds-points, personne ne pensait que l'aventure durerait si longtemps. Tout le monde pensait que début décembre, l'histoire serait pliée. On pouvait donc parler d'« actes ».

Aujourd'hui, force est de constater que le mot « épisode » serait plus approprié.

En l'occurrence, demain, épisode 17 de la saison 1, ça me semble correct. Ensuite, épisode 18 de la saison 1, la semaine prochaine. Épisode 19 de la saison 1 dans quinze jours. Comme ça, tranquillement, on avancera jusqu'au samedi 29 juin, jour du 33e épisode de la saison 1. Le samedi 29 juin ne doit pas être le 33e acte des Gilets jaunes. Aucun dramaturge, aussi démesuré, déraisonnable, excessif soit-il, ne pourrait imaginer trente-trois actes.

Le samedi 7 septembre 2019 débuterait le premier épisode de la saison 2 des Gilets jaunes. Avec encore plus d'action, encore plus d'intrigues et de manœuvres diverses afin de soutenir continûment l'attention du spectateur.

On peut envisager pendant les grandes vacances d'arrêter le feuilleton afin de créer un manque, voire de rediffuser les épisodes précédents pour ceux qui les auraient manqués…

Qui dit épisode dit feuilleton. L'avantage du feuilleton, c'est que ça ne se termine jamais. Tant qu'il y a des spectateurs, des annonceurs, on continue !

Comme dans *Plus belle la vie*, le scénario s'écrit quasiment au jour le jour. On ne sait pas où on va, mais on y va. Si par hasard on a manqué un épisode ou deux, ça n'empêche pas de comprendre l'intrigue.

Oui, dorénavant, ne parlons plus d'« actes », parlons d'« épisodes ».

D'autant que le scénariste qui trouvera le dénouement de l'acte final n'est pas encore né.

Christophe Girard vous a invité à aimer Christophe Girard

15 mars 2019

J'ai reçu une invitation qui m'a surpris, qui m'a, je ne m'en cache pas, un peu tourneboulé, un peu chamboulé, et je suis heureux, ce matin, de pouvoir partager mon désarroi… Il s'agit d'une invitation Facebook reçue la semaine dernière et ainsi libellée : « Christophe Girard vous a invité à aimer Christophe Girard. »

Je connais un peu Christophe Girard, adjoint à la Mairie de Paris, pour l'avoir croisé sur un tournage. À chaque fois que je l'ai rencontré par la suite, nous avons échangé des poignées de main et des sourires cordiaux mais sans plus… J'étais loin de penser qu'un jour je recevrais par courrier électronique ce message sans ambiguïté, cette approche finalement assez frontale, cette réinterprétation moderne de l'amour courtois, « Christophe Girard vous a invité à aimer Christophe Girard », qui dénonce une sorte de schizophrénie chez Christophe Girard, un trouble dissociatif de l'identité, se dédoublant quand il s'agit de solliciter une relation poussée.

Découvrant cette invitation, j'apprenais aussitôt, un peu déconcerté, un peu rassuré aussi, que cette sollicitation amoureuse n'exigeait pas l'exclusivité puisque l'on m'indiquait dans la ligne juste en dessous que Caroline Loeb et 49 autres amis aimaient ça.

Aimaient quoi ? Aimaient ça. Là encore, je m'interrogeais.

Que désignait ce « ça » ? Christophe Girard lui-même ou l'invitation à aimer Christophe Girard ? Christophe Girard, personnalité politique, pouvait-il être réduit à « ça » ? Non, sûrement pas…

Dans quel imbroglio amoureux étais-je précipité ?

Je connais un peu Caroline Loeb, j'ai beaucoup d'estime pour elle, je l'ai également croisée plusieurs fois et je m'interroge sur ce projet de vie qui consiste, avec elle et 49 autres personnes, à aimer Christophe Girard.

Là encore, je ne peux m'empêcher de me questionner. Christophe a des responsabilités politiques importantes à la Mairie de Paris, Caroline est occupée par de nombreux projets de chansons, de spectacles, notamment celui qu'elle fait sur Françoise Sagan, moi-même je suis pris par diverses occupations, des programmes plus ou moins artistiques, comment pourrions-nous sérieusement envisager un avenir commun, accompagnés, qui plus est, de ces 49 amis que je connais plus ou moins, parfois pas du tout, et qui certainement, eux aussi, ont des occupations professionnelles, des engagements sentimentaux, des charges familiales…

« Christophe Girard vous a invité à aimer Christophe Girard. » Je suis touché, Christophe, naturellement, extrêmement touché, mais n'est-il pas préférable que l'un et l'autre, de notre côté, et Caroline aussi, et les 49 autres personnes également, prenions la peine de réfléchir, peut-être de mettre tout à plat et de ne pas nous embarquer dans une histoire qui pourrait nous dépasser et qu'un jour, les uns et les autres nous pourrions regretter ?

Voilà pour l'instant l'état de mon cheminement intérieur concernant cette invitation qu'évidemment je n'ai pas prise à la légère.

« Christophe Girard vous a invité à aimer Christophe Girard. » Ne le prenez pas mal, Christophe, n'imaginez aucun ressentiment à votre égard, ne croyez pas que je vous méprise, que je vous dédaigne, que je vous rejette.

Simplement, François Morel réserve la réponse de François Morel.

BOUCQ

Ne pas tenter le diable

22 mars 2019

Nicolas, je te remercie de me donner la parole avec cet esprit d'enthousiaste camaraderie qui t'anime. « T'anime ». Je n'ai pas dit « t'habite » car je ne veux pas tenter le diable.

Je voulais, ce matin, féliciter le pape François de ne pas avoir accepté la démission du cardinal Barbarin et de n'avoir pas suivi la clameur si malfaisante de cette horde d'incrédules qui n'ont de cesse de vouloir discréditer l'Église et ses serviteurs.

Je rejoins ce bon abbé de La Morandais, de la paroisse de LCI-BFM, qui tient des propos si miséricordieux sur la question de la sexualité. « On a toujours l'impression, dit-il, qu'un viol, c'est de la violence. »

C'est tellement juste, l'abbé ! Souvent, le viol est décrié, dénigré, vilipendé. Le viol, et on s'en étonne à l'épiscopat, est souvent vu de façon arbitraire à l'aune de sa brutalité supposée. Alors que le viol est d'abord un acte d'amour. Il est l'expression de l'intérêt que l'on porte à l'autre, un désir de partage, je dirais même de communion, de fusion des corps visant à une alliance des esprits. Je ne voudrais pas entrer dans les détails scabreux dont se délectent si volontiers nos adversaires, mais une fellation, une sodomie ou un simple toucher rectal ne sont souvent que rappels, certes vifs, certes physiques, certes énergiques et radicaux, du premier précepte de l'Église : « Aimez-vous les uns les autres. »

« D'après les échos que j'ai eus, poursuit l'abbé de La Morandais de la paroisse de Match TV, Paris Première et Direct 8, l'enfant cherche spontanément la tendresse d'un homme ou d'une femme. »

L'abbé de La Morandais a des échos. On ne sait pas d'où. Mais il a des échos. Et il n'hésite pas à relayer ces échos. Des échos venus de personnes qui, elles-mêmes, sans doute, ont côtoyé l'enfant, l'enfant, parfois pervers, parfois tentateur, qui, de lui-même, sans forcément penser à mal, porte des maillots de corps ajourés et des bermudas bien au-dessus des genoux.

L'abbé fait bien de préciser que l'enfant recherche « la tendresse d'un homme OU d'une femme » car il n'y a pas de raison que la femme, hélas moins portée sur le viol que l'homme, reste cependant à l'abri des odieuses accusations. En ajoutant la femme dans le débat, l'abbé de La Morandais l'ouvre, l'élève et l'élargit.

« Vous avez tous observé qu'un enfant, il vient, il vous embrasse sur la bouche », note encore l'abbé de La Morandais, observateur de la paroisse de l'Académie des 9. Je ne saurais trop encourager l'abbé à bien vouloir communiquer mon 06 aux parents de ces enfants qu'il me plairait d'introduire dans les camps scouts dont j'ai la charge chaque été.

J'ai regretté que l'abbé soit revenu sur ses propos à la suite de critiques qui lui ont été faites, parfois même au sein de l'Église puisque l'archevêque de Paris, lui-même, les a fermement condamnés, manquant de cet esprit de confraternité, de solidarité, d'esprit de corps, qui en revanche n'a jamais fait défaut au cardinal Barbarin.

Revenons à quelques principes simples. Ne déprécions pas systématiquement le viol, ne calomnions pas obligatoirement le violeur, homme souvent respectable et qui fait ses dévotions, mais continuons à condamner l'usage du préservatif.

Le retour des Daechiens

(avec la complicité de Thomas Legrand)

29 mars 2019

François : 3615 code Qui-n'en-veut, avec aujourd'hui mon gars Thomas. Bonjour Thomas, comment t'appelles-tu ?

Thomas : Ben, euh… Thomas.

— Thomas, c'est gentil d'être venu nous voir, on rappelle qui tu es : un gars qui n'en voulait mais qui savait pas trop quoi, qui se cherchait un petit peu dans sa jeunesse, qui avait un petit peu tout raté alors qui un jour a eu une idée, c'est de devenir djihadiste en Syrie !

— Oui, c'est ça.

— Parce que tu t'es dit, pour n'importe quoi, c'est pas facile en France faut être juste, on vous demande de passer des examens, des CAP, pour n'importe quoi, faut avoir le baccalauréat, alors tu t'es dit, au moins djihadiste il n'y a pas besoin de cursus particulier…

— C'est ça. Ni de talent particulier.

— Je crois que par ailleurs tu étais intéressé par tout ce qui était décapitation…

— Oui, mais j'avais raté le CAP de charcuterie…

— Donc tu t'es dit je vais devenir terrorriste. Tu pensais que c'était intéressant sur le plan relationnel ?

— Oui, j'avais entendu parler de s'amuser avec quarante vierges…

— Il a de l'appétit, mon Thomas, mais peut-être on t'avait pas prévenu que c'était une récompense qui avait lieu après le trépas…

— Oui, mais je savais pas trop où que c'était situé n'étant pas non plus spécialiste en géographie…

— D'accord, donc là, on peut dire que tu as fait chou blanc puisque tu n'es pas allé jusqu'au trépas mais jusqu'à la prison en Syrie.

— C'est ça.

— Ce qui fait, en résumé, qu'on peut dire que tu as raté aussi le cursus en terrorisme.

— Mais c'est surtout la politique qui m'intéressait, je suis contre l'oppression de l'État français dominé par les mécréants, les croisés et les Juifs !

— Oh là là, il a la langue bien pendue, mon gars Thomas. À propos de pendu, je crois que tu as été impressionné par les milliers de pendus en Syrie…

— Oui c'est ça qui fait peur. Donc, j'aimerais quand même mieux être jugé par l'État français dominé par les mécréants, les croisés et les Juifs…

— D'accord, ça semble en effet logique et je te félicite pour ton esprit d'analyse.

— C'est pas tellement pour moi que je demande d'être rapatrié en France, c'est surtout pour mes enfants car eux n'ont pas choisi d'être djihadistes.

— C'est certain, et c'est tout à ton honneur, mon gars Thomas, que de ne pas penser à toi en priorité mais de penser d'abord à tes enfants. Tu en as combien ?

— Pour le moment, zéro.

— D'accord… Tu aurais quelque chose à ajouter ?

— Oui, c'était pas toujours facile, la vie en Syrie. Par exemple au petit déjeuner, y avait pas de Nutella et y avait pas la wi-fi.

— D'accord. Eh bien merci, Thomas. Ce que je propose de mon côté, car je suis un petit peu comme toi, toujours à l'affût d'idées nouvelles, je propose peut-être qu'on organise une petite cagnotte sur les Ch'tis…

— Leetchi.

— C'est ça, afin de te venir en aide, à l'occasion de ton procès en France, pour toi, ta famille et surtout pour tes enfants que tu n'as pas encore.

— C'est très gentil. Et je voulais en profiter pour remercier l'État répressif français dominé par les mécréants, les croisés et les Juifs.

— Merci, Thomas, on leur dira. C'était aujourd'hui mon gars Thomas Legrand, un gars qui n'en voulait.

Faire pipi sur un policier

5 avril 2019

Aldebert est un chanteur que les enfants adorent, il les fait rire. Aldebert est un chanteur que les parents vénèrent, il ne prend pas leurs enfants pour des imbéciles.

À l'école Jacques-Prévert de Ludres, près de Nancy, les chansons d'Aldebert avaient été choisies comme support pédagogique. Polémique, scandale, protestations. Un jour, un parent d'élève a entendu une chanson que chantait sa fille et il a été choqué, offusqué d'entendre des paroles contraires, selon lui, aux valeurs de la République, telles que doit les promouvoir l'école. Écoutez plutôt…

Pour louper l'école
Je ferais n'importe quoi,
Pour louper l'école
Moi j'irais jusqu'à
Faire le tour de la maison,
En pyjama pour choper froid,

Manger des tartines au goudron
Pour avoir mal à l'estomac,
Faire mon service militaire,
Traverser la Manche en bouée,
Chatouiller une panthère,
Faire pipi sur un policier.

« Quand j'entends les paroles, dit le parent d'élève qui a mis le feu aux poudres, je pense au gendarme Beltrame qui a sacrifié sa vie pour sauver une otage, à ce couple de policiers assassiné sous les yeux de ses enfants, à cette policière municipale tuée de sang-froid par un terroriste. »

Cher Monsieur, je crois que vous êtes un peu à cran, que normalement la phrase « Faire pipi sur un policier » ne devrait pas vous faire penser à toutes ces récentes tragédies que vous évoquez.

Il y a un truc qui est important, notamment dans la vie en collectivité, et qui s'appelle l'humour. Généralement, les enfants, qui ne sont pas bêtes, comprennent bien l'humour, ils peuvent ainsi apprécier Marcel Aymé, Pierre Gripari et Tomi Ungerer, ils peuvent ainsi faire la différence entre la réalité et la fiction.

Monsieur le parent d'élève, je vous promets qu'on peut ressentir le plus grand respect, la plus grande admiration pour le geste héroïque du gendarme Beltrame tout en s'amusant du gendarme de Guignol ou de Saint-Tropez, tout en connaissant les paroles de *Brave Margot* où sont évoqués des « gendarmes qui sont par nature si ballots », tout en rigolant du marché de Brive-la-Gaillarde où, « quand il s'agit de rosser les cognes, tout le monde se réconcilie ».

Comme disent les enfants, Monsieur le parent d'élève, ce n'est pas pour de vrai. C'est de l'humour.

Si votre état d'esprit est de prendre tout au pied de la lettre, vous pourriez noter que la chanson d'Aldebert encourage également à chatouiller une panthère, ce qui, à Thoiry ou au zoo de Vincennes, pourrait s'avérer extrêmement périlleux, à manger des tartines au goudron, ce qui pourrait être considéré – peut-être devriez-vous contacter la DDASS – comme un appel au suicide.

Aldebert suggère dans cette même chanson de mettre « les cahiers au feu, la maîtresse au milieu ! ». La plupart des gens comprennent qu'il ne s'agit pas d'un réel appel au meurtre. Je connais un peu Aldebert, je ne pense pas que quiconque puisse penser sérieusement qu'il ait une telle animosité vis-à-vis des professeurs des écoles qui, selon moi et certainement selon Aldebert, ont droit, autant que les policiers, à la reconnaissance et au respect de chacun.

Monsieur le parent d'élève, vous deviez bien vous douter qu'en mettant votre enfant dans une école qui porte le nom de Jacques Prévert, un léger vent d'insolence, d'humour, de liberté, aurait bien le droit, de temps en temps, de souffler un peu.

C'est quoi le théâtre, si ce n'est pas le droit de jouer ce qu'on n'est pas ?

12 avril 2019

C'est quoi le théâtre, si ce n'est pas le droit de jouer ce qu'on n'est pas ?

Le théâtre est là pour poser des questions et aussi pour ouvrir les portes de l'imaginaire. Si par exemple demain je le décide, je peux tenter de jouer une libellule. Une petite libellule à la taille fine, muant, chassant, voletant au-dessus d'un étang.

L'honnêteté, une certaine forme de sagesse m'obligent quand même à reconnaître que je ne serais pas forcément très convaincant dans ce rôle. Une grande force d'auto-persuasion me serait nécessaire, ainsi qu'un tutu bleu. Mais aucune association de défense des libellules, aucune brigade antilibellulophobe ne devrait m'interdire de chercher en moi ma part d'anisoptère.

C'est quoi le théâtre, si ce n'est pas le droit de s'amuser avec les codes, les règles, les conventions ? C'est quoi le théâtre, si on n'a plus le droit d'incarner ce qui est différent de soi ? C'est quoi le théâtre, si ce n'est pas le lieu privilégié pour approcher l'autre, tenter de le comprendre parfois en l'incarnant ?

Le théâtre permet de jouer un salaud quand on est un brave type, un brave type quand on est un salaud, un héros même si on est un craintif.

C'est quoi le théâtre si une femme ne peut plus jouer un homme, si un homme ne peut plus jouer une femme, s'il est interdit de jouer un Noir quand on est blanc, de jouer un Blanc quand on est noir ? Ce serait quoi le théâtre si Michel Fau n'avait plus le droit de jouer une *prima donna* colorature ?

Dans l'avant-propos de sa pièce *Les Nègres*, Jean Genet écrit : « Un soir, un comédien me demanda d'écrire une pièce qui serait jouée par des Noirs. Mais qu'est-ce donc un Noir ? Et d'abord, c'est de quelle couleur ? »

Oui, c'est de quelle couleur, un Noir ? C'est de quel sexe, une femme ?

Quel âge ça peut avoir, un vieillard, un enfant ?

L'acteur, quels que soient son sexe, son âge, la couleur de sa peau, n'est pas seulement là pour jouer un personnage, il doit tenter de rendre compte de l'humanité tout entière.

À la Sorbonne, fin mars, Philippe Brunet devait présenter une pièce d'Eschyle. Pour personnifier les Danaïdes, la troupe devait utiliser des masques, des maquillages sombres.

Le théâtre avec ses masques et ses maquillages est une très vieille affaire, bien antérieure à *Tintin au Congo*, aux politiques colonialistes, aux « blackfaces », aux zoos humains, à l'Exposition coloniale à Paris en 1931 et à « Y a bon Banania ».

À la Sorbonne, fin mars, le spectacle de Philippe Brunet a été empêché par des militants de la Ligue de défense noire africaine, de la Brigade antinégrophobie et du Conseil représentatif des associations noires. On interdit. On bloque l'entrée. Pas de discussion.

Le théâtre, l'université doivent rester des lieux de parole, pas d'interdiction de la parole.

Il fut une époque où des étudiants pensaient qu'il était interdit d'interdire. Aujourd'hui, on pourrait au moins convenir qu'il est permis de permettre.

Nouvelles du paradis

26 avril 2019

« T'en as mis du temps, a dit Noiret.

— On commençait à s'impatienter, a fait Rochefort.

— Je viens pas ici pour me faire engueuler », a répondu Marielle[1] sur un ton conclusif.

Puisque, à nouveau, ils étaient tous les trois réunis, ils se sont regardés avec leurs bonnes têtes de vieux chiens affectueux et ils se sont souri. Comme de fait, ils ont parlé de tout, de rien.

De la vie, de la mort et des trains électriques.

Dans le ciel des comédiens, on a fait table ouverte. Le paradis ressemble à une auberge de province. Il y a de la tomette par terre et aux murs des rideaux fleuris. En regardant par la fenêtre, on aperçoit des voitures mal garées et plus loin un étang où des hérons paressent.

---

1. L'acteur français Jean-Pierre Marielle est mort le 24 avril 2019. Récompensé par le Molière du comédien pour la pièce *Le Retour* d'Harold Pinter, il a partagé l'affiche avec Jean Rochefort et Philippe Noiret dans le film *Les Grands Ducs* de Patrice Leconte en 1996.

Le bon Dieu, tout sourires, s'est fait la tête d'un restaurateur qui veut faire honneur à des convives de choix. « Vous êtes ici chez vous. Qu'est-ce qui vous ferait plaisir comme mise en bouche ? » Sous sa barbe blanche, le Seigneur tente de prendre un air affable et des manières moins solennelles que d'habitude.

« C'est qui ce grand con ? » a fait Marielle sans même lui jeter un regard.

Noiret est tiré à quatre épingles. Rochefort a mis ses chaussures jaunes et Marielle a retrouvé la mémoire.

Une ambiance de copains, de mélancolie et de pouilly-fuissé.

On parle de tout et c'est pas rien. On parle de rien et puis c'est tout. On a l'émotion sincère mais pas expansive. Si on a besoin de pleurer, on dit qu'on va pisser.

Dehors, sur les graviers, on entend le crissement d'une voiture italienne. On regarde par la fenêtre, c'est Mastroianni. « *Vaffanculo !* » crie-t-il en direction d'un héron tête en l'air qui lui aurait refusé la priorité.

Autour de la table, on rigole.

Et allez donc, envoie la ritournelle de la chanson gnangnan et chauvine et vieux jeu. Réveille un peu le piano à bretelles. À chaque fois qu'on l'entend, on a les larmes aux yeux.

Jean Carmet passera pour le dessert. Prévoyant, il apportera son tire-bouchon.

« Merde, ça fait du bien de se retrouver entre amis morts », a dit Marielle, une pointe de nostalgie dans la voix, pensant à regret à tous ceux qui ne les ont pas encore rejoints.

« Tout se passe comme vous voulez ? » demande le bon Dieu avec sa gueule d'empeigne.

Marielle, Rochefort, Noiret se regardent, cherchent l'attitude à adopter pour lever les yeux au ciel mais c'est difficile quand on y est déjà… Reconnaissant qu'ils n'y parviennent pas, ils se lèvent, sortent, rejoignent leurs voitures respectives, cherchent dans les boîtes à gants les cartes routières de l'enfer et du purgatoire, s'interrogent sur les routes les plus touristiques pour y parvenir, puis dans un nuage de fumée et d'éclats de rire, prennent la route pour de nouvelles aventures, tandis qu'à la fenêtre, le bon Dieu, tout seul, agite avec incrédulité l'addition des consommations. « Messieurs ! Messieurs ! La maison ne fait pas crédit ! »

Marielle, se souvenant de Vialatte, rigole avec le moelleux d'un saxophone contrebasse. « La gravité est le plaisir des sots. »

Les flèches de Notre-Dame[1]

3 mai 2019

L'avantage de Viollet-le-Duc, quand il a dessiné sa flèche, c'est qu'il n'y avait personne au-dessus de son épaule pour lui dire : « Eugène, ta flèche, elle est trop courte, trop grande, trop haute, trop petite… » « Eugène, pourquoi que tu fais une flèche ? Pourquoi qu'à la place tu ferais pas une tour, un beffroi, une tourelle ? Ça serait plus joli, une tourelle… » « Putain, Gégène, tu vas pas me dire que tu vas faire ta flèche en plomb ! C'est moche le plomb, c'est cher, c'est toxique, c'est cancérigène, pourquoi que tu la fais pas en zinc, en cuivre, en étain ? » « Mon Gènou, pourquoi que tu fais du néogothique ? Ça veut plus rien dire le néogothique, c'est nul le néogothique, fais du vrai

1. Un incendie a ravagé la cathédrale Notre-Dame de Paris le 15 avril 2019. La flèche de l'édifice, culminant à 93 mètres de haut, s'est effondrée. D'importants travaux avaient lieu dans la cathédrale depuis plusieurs mois. Cette catastrophe a déclenché de nombreuses réactions tant nationales qu'internationales.

gothique, fais de l'ancien, fais du rustique ! Si tu veux, je te donne un coup de main, je peux même demander à mon beau-frère, il a du temps de libre depuis qu'il est retraité des Ponts et Chaussées… Tiens, regarde, tous les deux on a retapé la bicoque de la tante Ginette, tout le crépi extérieur sur la pierre de taille, c'est nous qu'on l'a fait. J'aime mieux te dire que chez Leroy Merlin, on est connus comme le houblon. Si ça t'intéresse, on peut même avoir des prix sur l'enduit de façade. Et pourquoi plutôt que tu ferais pas du moderne ? C'est bien aussi le moderne. Faut vivre avec son temps. À la place de ta grosse flèche (qu'est-ce que tu nous fais chier avec ta grosse flèche, Viollet-Ducon !), pourquoi que tu mettrais pas une boule à paillettes ? Le samedi soir, tu la fais tourner, tu rajoutes un canon à jet de mousse et hop ! sur le parvis de Notre-Dame tu fais des grandes soirées techno ! »

Pas mal de gens savent ce qu'il faut faire concernant les travaux de Notre-Dame. Les tenants estampillés du conservatisme ont leurs principes. C'est pas compliqué. Faut tout faire à l'identique. Sauf que le bois qui a séché pendant mille ans va être plus difficile à trouver. Sauf que les entrepreneurs du Moyen Âge ne se seraient sans doute pas privés des matériaux nouveaux s'ils les avaient connus. Sauf que les tenants du conservatisme de l'époque de Viollet-le-Duc détestaient Viollet-le-Duc.

Ce qui est bien avec les conservateurs, qui tous ne sont pas des flèches, c'est qu'il suffit de patienter. Un jour, ils défendront ce qu'ils ont combattu hier, sous prétexte que le temps a passé et que le modernisme d'hier est devenu le patrimoine d'aujourd'hui.

Les conservateurs détestent tout ce qui est contemporain. Là où le contemporain est plus malin, c'est qu'au bout de quelques années, sans avoir besoin de rien faire, il devient du patrimoine.

Il faut souhaiter bien du courage à l'architecte qui demain sera chargé de s'occuper de la reconstruction de Notre-Dame. La plupart des gens qui tchatent ou qui tweetent ou qui discutent sur les réseaux sociaux, en plus d'être des spécialistes en tout genre, des critiques de théâtre, de cinéma qui savent mieux que quiconque ce qu'il faut faire dans tous les domaines, sont également des architectes, enfin font partie de cette catégorie de gens qui, selon l'expression de Coluche, « ont un avis sur tout, ont surtout un avis ».

Tu tweetes, tu tweetes, c'est tout ce que tu sais faire.

Mots nouveaux

10 mai 2019

Lorsqu'on atteint le bel âge de 10 ans, dans certaines familles, modestes mais pour qui la connaissance doit être valorisée, on reçoit quelquefois un Petit Larousse, que l'on recouvre parfois de plastique afin de ne pas l'abîmer et que l'on dédaigne un peu présomptueusement, quelques années plus tard, pour un Robert, quand on croit pouvoir se passer des images.

Chaque année, un nouveau Petit Larousse apparaît avec ses mots nouveaux. Chaque année, on fête l'arrivée de ces nouvelles entrées. Cette année encore, des mots, jusque-là pas reconnus, plus ou moins méprisés, qui survivaient comme ils pouvaient dans cette sorte de purgatoire lexical du néologisme, peuvent enfin paraître à découvert et la tête haute.

Fêtons cette année l'arrivée de nouvelles entrées : survivalisme, locavorisme, antispécisme, bigorexie, divulgâcher, ubériser, autant de mots que mon rétrograde d'ordinateur, qui sans doute se croit encore à l'époque de René Coty et de Gloria Lasso, souligne de rouge.

Moi je dis : « Bienvenue aux nouveaux mots ! »

Oui, mots nouveaux, je vous souhaite une belle vie, longue et riche ! J'espère que vous saurez trouver votre place dans la société et dans les conversations. Je souhaite, parce que vous le méritez, que vous vous sentiez utiles, reconnus et surtout, parce que c'est l'essentiel, parce que c'est la clé de tout, je souhaite que vous vous sentiez aimés.

Oui, car un mot qui est désiré, un mot chéri, entouré, aura plus de chance dans la vie. Mots nouveaux, je souhaite que vous trouviez l'amour et qu'avec d'autres mots, nouveaux ou anciens, vous vous accoupliez, vous copuliez, vous baisiez et qu'ensemble, confiants dans l'avenir, vous deveniez heureux et réussissiez à votre tour à faire beaucoup de locutions, beaucoup de phrases, que vous vous mariiez et que vous fassiez beaucoup d'enfants.

Évidemment, toute la promotion du nouveau dictionnaire est basée sur ces mots nouveaux qui viennent enrichir le vocabulaire.

Mais je voudrais moi, qui me situe du côté des petits, des mis de côté, des oubliés, des sans-grade, me souvenir de tous les mots qui ont été depuis des années retirés des dictionnaires Larousse, tous ces mots morts, tous ces mots décédés aujourd'hui oubliés.

Aux mots disparus, aux mots morts, la patrie reconnaissante…

(On entend la sonnerie aux morts.)

Janot.

Bestiasse.

Chaufournier.

Affinoir.

Pet-en-l'air.

Velche.

Embesogné.

Chopiner.

Zinzolin.

(Fin de la sonnerie aux morts.)

Je ne peux évidemment citer tous les mots retirés du dictionnaire au fil des années. En revanche, je peux suggérer quelques mots nouveaux pour les éditions futures des Petit Larousse.

Castanériser : tweeter à tort et à travers. Équivalent du verbe américain « trumper ».

Hollandiser : donner des conseils au président de la République dans le but de faire chier.

Et enfin je propose un verbe.

Toutouzer : participer à une sexualité de groupe canin.

À tous ces nouveaux mots je souhaite également le meilleur.

On dit qu'Alain Delon va recevoir la Palme d'honneur du Festival de Cannes

17 mai 2019

On dit qu'Alain Delon va recevoir la Palme d'honneur du Festival de Cannes. Et sur la Croisette, on s'agite. On s'inquiète. On proteste. On a peur.

On a raison d'avoir peur.

Car ce n'est pas Alain Delon qui va venir. C'est un loup sauvage, indiscipliné, une bête féroce qui va sortir de sa tanière, un animal expressif, agressif, au comportement complexe, aux réactions imprévisibles.

Ce n'est pas Alain Delon qui va venir. C'est un chien farouche, insociable, misanthrope, qui depuis longtemps a décidé du coin de campagne où il sera enterré, parmi ses trente chiens déjà ensevelis, ses trente derniers amis.

On dit qu'Alain Delon va recevoir la Palme d'honneur du Festival de Cannes. Et sur la Croisette, on discute, on se rappelle, on convoque les souvenirs.

Mais ce n'est pas Alain Delon qui va venir. C'est un tout petit enfant qui fait la fierté de ses parents et qu'un jour on met en pension, quand l'amour est mort et que les parents ne s'entendent plus. C'est un enfant abandonné.

Ce n'est pas Alain Delon qui va venir, c'est un enfant perdu. Un apprenti charcutier qui va passer son CAP. Un engagé volontaire pour qui l'honneur n'est pas une palme mais le respect de la parole donnée, mais la fidélité en amitié, mais la loi du silence. Un petit voyou qui a de mauvaises fréquentations. Un mauvais coucheur, pas sympathique, pas aimable, provocateur.

Ce n'est pas Alain Delon qui va venir. C'est un boxeur qui, régulièrement, dit sa hantise, sa crainte, son angoisse de faire le combat de trop en venant à la télévision faire la promotion d'un combat de trop.

On dit qu'Alain Delon va recevoir la Palme d'honneur du Festival de Cannes. Foutaise. Mensonge. Imposture. C'est un souvenir d'Alain Delon. C'est un fantôme d'Alain Delon qui ne vit plus que dans le cimetière du cinéma qu'il aimait tant et qui était sa vie.

Et tandis que le fantôme d'Alain Delon recevra sa Palme, Alain Delon sur la Croisette s'éloignera en regardant la mer. Il pensera à ses amis disparus, à ses amours mortes. Une vieille larme de vieil acteur coulera sur sa vieille joue ridée. Il pensera à Romy, il pensera à Mireille. Il pensera à Visconti et à René Clément. À Jean-Pierre Melville et à Joseph Losey. Alain Delon, impeccable, affrontant l'océan, portera beau la mélancolie des disparus.

On peut rire. On peut se moquer. On peut se dire aussi, avec Gabin : « C'est chouette les acteurs, c'est bath les acteurs. »

On dit qu'Alain Delon va recevoir la Palme d'honneur du Festival de Cannes.

Félicitations, monsieur. Passe le temps, restent les films. Et quoi qu'en dise Simone, la nostalgie est toujours ce qu'elle était.

La vie ne vaut rien, rien…

24 mai 2019

Je voudrais profiter de mon passage radiophonique pour exprimer mes directives anticipées. Je sors du studio, je me fais écraser par une trottinette. Je suis hospitalisé, je deviens inconscient, incapable de m'exprimer. Heureusement, publiquement j'aurai, juste avant, donné mes directives anticipées. Vous saurez quoi faire de moi.

Enfin, moi-même, pour l'instant, en réalité, je ne sais pas trop. Je pourrais faire le fier-à-bras mental en disant : « S'il m'arrive quelque chose, je veux tout de suite en finir. » C'est facile à dire. Je suis aujourd'hui dans une forme éblouissante. Je lisais encore hier soir avant de m'endormir mes derniers résultats hématologiques, ils sont excellents. Ma vitesse de sédimentation, ma numérotation globulaire, ma formule leucocytaire, tout est formidable, ce qui a fait dire à mon médecin traitant : « Monsieur Morel, vous êtes une véritable petite machine. »

En revanche, quand je serai au bout du rouleau, qui me dit que je n'aurai pas encore envie de voir défiler un tout petit peu les derniers morceaux du ruban de la vie, boire le verre jusqu'à la lie, profiter encore du souffle caressant d'une brise légère, d'un rayon de soleil qui se pose sur ma joue, d'une caresse, d'un frôlement, d'une marque de tendresse ?

« La vie ne vaut rien mais rien ne vaut la vie », comme chante André Malraux sur une musique d'Alain Souchon.

Il est possible aussi que je me dise : « Basta, suffit, j'ai fait mon temps. Arrêtons les frais. "Débranche !" » comme chante France Gall sur des paroles de Michel Berger.

Je n'en sais rien.

Ce que je sais, c'est que je détesterais qu'on fasse de moi un étendard, un drapeau, une bannière, un prétexte pour idéologues.

Ce que je sais, c'est que je détesterais qu'on me filme sur mon lit de douleur, qu'on me vole mes derniers moments d'intimité, qu'on impose à mes amis, à ceux qui m'ont connu, une dernière image qui ne correspond pas à celle que j'aurais envie de laisser.

Ce que je sais, c'est que je détesterais qu'un avocat, abruti d'idéologie rance, se serve de moi pour distiller ses opinions frelatées en criant « *remontada* » comme si je n'étais qu'un score victorieux d'une compétition sportive.

Ce que je sais, c'est que je trouve curieux que ceux qui prétendent croire à la vie éternelle à la droite de Dieu veuillent à tout prix s'accrocher à la vie terrestre.

Ce que je sais, c'est que le droit de « mourir dans la dignité » rejoint celui de vivre dans la dignité.

Ce que je sais, c'est que je voudrais qu'on me laisse tranquille, que jusqu'au bout, on me respecte et qu'on ne me parle pas comme à un animal de compagnie, comme à un chien.

Ce que je sais, c'est que les images filmées par la famille de Vincent Lambert et diffusées sur un site droitier m'ont paru indignes.

Ce que je ne sais pas, c'est si Vincent Lambert, qui aimait la vie et le rock psychédélique, ressent des émotions en écoutant les Pink Floyd.

(On entend le refrain de « Us and Them » de Pink Floyd.)

Débat

31 mai 2019

Ce vendredi, une chronique ambitieuse, une chronique de haute volée, puisque je vous propose un éditorial politique venant concurrencer la parole de Thomas Legrand. L'avantage que j'ai par rapport à Thomas, c'est que je ne viens qu'une fois par semaine et que j'ai donc eu le temps de peaufiner ma pensée au sujet d'un événement qui a eu lieu il y a cinq jours.

Dimanche dernier, justement, sur TF1, un débat se proposait d'éclairer les Français sur l'avenir de l'Europe et les conséquences du vote hexagonal sur le devenir de la communauté européenne puisqu'il s'agissait bien de faire mieux comprendre les tenants et aboutissants d'une élection qui, en France, plus que prévu, avait mobilisé les électeurs au point que nombre de poissons de rivière avaient été reconnaissants vis-à-vis du personnel politique français de ne pas avoir trop favorisé le parti des pêcheurs à la ligne. Une tanche de mes amies, toute frétillante, me disait encore lundi matin combien elle se réjouissait avec ses copines de ne pas avoir connu un dimanche trop meurtrier et que, l'un dans l'autre, tout bien réfléchi, elle préférait autant être à sa place qu'à celle de Wauquiez ou Mélenchon.

Le débat politique en France ayant été essentiellement accaparé par un face-à-face entre la République en marche et le Rassemblement national, chaque téléspectateur était naturellement impatient d'entendre l'échange qui allait avoir lieu entre deux responsables politiques d'envergure, je dirais même de haut rang : à ma gauche, enfin à la gauche du macronisme, c'est-à-dire à ma droite, Daniel Cohn-Bendit. À mon extrême droite, Gilbert Collard.

M. Collard, désireux de situer d'emblée le débat sur le terrain de la pensée, conscient du bouleversement politique qui avait eu lieu suite à la dernière élection présidentielle et soucieux de souligner les connivences plus ou moins avérées entre responsables politiques venus d'horizons différents, commença son argumentaire de façon détaillée, de manière franche et déterminée. « Faux cul de la politique ! Vendu à Macron ! »

M. Cohn-Bendit ne fut pas insensible au raisonnement de M. Collard dont il tenta de souligner la fragilité théorique en lui opposant un vif : « Ferme ta gueule, connard ! »

Le débat était lancé et s'annonçait passionnant puisque la nouvelle recomposition politique permettait de mettre en avant les différents enjeux identitaires, sociaux et écologiques des toutes prochaines années.

M. Collard, maître en rhétorique, qui fut jadis engagé à gauche, membre de la SFIO et du Parti socialiste, trouva à redire à l'évolution politique de M. Cohn-Bendit. « Traître ! Traître ! » s'égosilla-t-il.

M. Cohn-Bendit fit alors valoir à M. Collard qu'il était une « ignoble ordure ».

Joie de la controverse, plaisir de la discussion, enrichissement de la pensée par l'affrontement de points de vue différents, ce débat aura permis de mieux mesurer la distance qui oppose les europhiles convaincus aux nationalistes résolus tout en soulignant les clivages qui risquent de structurer durablement la vie politique française.

Bienvenue dans le nouveau monde qui s'annonce captivant.

127 personnes

7 juin 2019

Qui sont les 127 personnes qui ont été sauvées durant le deuxième semestre 2018 ?

Moi, c'est la question que je me pose, parce que les personnes qui disparaissent dans les accidents de la route, il suffit d'ouvrir le journal local pour connaître leurs noms, mais les personnes sauvées, ça reste un mystère.

C'est peut-être vous, c'est peut-être moi, on n'en sait rien…

En effet, depuis le passage de la vitesse de 90 km/h à 80 km/h, 127 vies ont été épargnées, mais on ne sait pas lesquelles. Si, parmi ces 127 personnes, des auditeurs de France Inter se reconnaissaient, ce serait bien qu'elles puissent se signaler afin de savoir ce qu'elles ont décidé de faire de leurs vies sauvées depuis ce deuxième trimestre 2018.

Parce que si c'est pour rien faire de votre vie, ce n'était pas tellement la peine de faire tout ce ramdam qui aura quand même bloqué pas mal de ronds-points, notamment durant le premier semestre 2019, et qui aura coûté, selon la délégation à la sécurité routière dépendant du ministère de l'Intérieur, la rondelette somme de 10 millions d'euros, notamment pour les frais d'achats et d'installations des nouveaux panneaux.

C'est un investissement pour le gouvernement. 10 millions d'euros pour 127 personnes, ça fait une vie humaine évaluée à 78 740 euros. Surtout que c'est un peu à perte, vu que déjà chaque Français porte individuellement la dette publique à hauteur de 34 595 euros. Investir dans un individu qui est déjà un panier percé, demandez à Dominique Seux, ce n'est pas raisonnable…

Évidemment, tous les bobos, M. Thomas Legrand en tête, tous les Parigots, n'ont jamais tout à fait compris la réaction que cette mesure a générée. Ils se disent : « Pourquoi se battre pour garder 10 km/h supplémentaires alors que de Bercy à la porte de la Chapelle, c'est quasiment impossible d'atteindre cette vitesse ? »

C'est juste, mais à la campagne il reste quelques tronçons routiers sans séparateur central, sans barrière, sans terre-plein mais avec une bonne visibilité qui permet quand même d'appuyer un petit peu sur le champignon.

Pour revenir aux 127 personnes rescapées, ce qui aurait été avantageux, ça aurait été au moins de pouvoir les choisir afin que l'investissement ne soit pas totalement perdu.

De toute façon, dans l'avenir, ces 127 personnes ont du mouron à se faire puisque l'amendement du groupe République en Marche et en roue libre renvoie aux présidents de conseil départemental la responsabilité de définir la vitesse sur certains axes. Donc, très prochainement, nous pourrons obtenir un classement qui permettra de connaître les présidents de conseil départemental qui auront augmenté la mortalité routière. On attend avec impatience la communication de la délégation routière sur le coût de cette nouvelle mesure.

Si, dans un département, on rétablit la vitesse à 90 km/h et qu'aussitôt un automobiliste meurt en roulant par exemple à 86 km/h, on pourra décider de situer la vitesse autorisée à 85 km/h…

Voilà.

On va faire l'Europe, c'est prévu, bientôt, demain, dans les jours qui viennent, enfin dès que possible. Quoi qu'il en soit, l'harmonisation européenne interviendra juste après la dés-harmonisation départementale.

Les P'tits Bateaux

14 juin 2019

(On entend le générique de l'émission de Noëlle Bréham, « Les P'tits Bateaux », diffusée sur France Inter le dimanche à 19 h 30.)

Bonjour, comment allez-vous ? Vous êtes jeune, vous avez toutes les questions possibles et imaginables à poser. Un seul numéro le 01 56 40 43 57… Les P'tits Bateaux, chaque dimanche, des professionnels ou des amateurs, mais toujours passionnés et passionnants, y répondent…

« Bonjour, je m'appelle Timothée, j'ai 4 ans et demi et je voudrais savoir comment on fait pour se tirer une balle dans le pied. Merci de votre réponse… Je voudrais savoir aussi si ça fait mal… »

Oh ! elle est bien la question de Timothée. C'est vrai, comment on fait pour se tirer une balle dans le pied et est-ce que ça fait mal…

Pour y répondre, une spécialiste, Nathalie Loiseau[1]…

1. Nathalie Loiseau, tête de liste La République en Marche aux élections européennes de 2019.

« Bah, c'est facile, Timothée. On achète un pistolet, on vise par exemple entre le gros orteil et le secondus, ou entre le centrus et le pre-exterius, et on tire... J'avoue que, sur le coup, c'est assez douloureux. »

Merci Nathalie. Je rappelle que Nathalie est diplomate, mais plus par fonction que par tempérament.

Elles sont vraiment captivantes toutes les questions de nos jeunes auditeurs parce qu'elles abordent tous les sujets... Maintenant, c'est Léonard qui a une question pratique à poser.

« Bonjour, je m'appelle Léonard, j'ai 3 ans trois quarts et je voudrais savoir comment on fait pour avaler son chapeau. Merci beaucoup. Et je voudrais savoir aussi si c'est bon... »

Elles sont formidables tes questions, Léonard. C'est vrai qu'il y a des choses qui ne sont pas faciles à manger, une noix de coco, une papaye, un ananas, une mangue ou des ortolans. Pour te répondre, Léonard, on a demandé à une spécialiste du manger de chapeau, Nathalie Loiseau...

« Bah, c'est facile, Léonard, on achète un chapeau. On le découpe en morceaux, en plus petits morceaux possibles, parce que c'est pas facile à manger, et on met tout ça dans une assiette, selon son goût, on ajoute de la vinaigrette ou de la chantilly... Mais enfin, j'avoue, le chapeau c'est pas mon plat préféré. Personnellement, je préfère les frites. »

On a encore le temps d'écouter une question. Et c'est Manon qui la pose...

« Bonjour, je m'appelle Manon j'ai 8 ans et demi et je voudrais savoir si la condition féminine s'est améliorée depuis quarante ans. »

Alors là, je crois que je peux répondre directement à ta question, Manon, puisque, il y a trente-six ans, Françoise Giroud, avec un sens de la formule indépassable, disait : « La femme serait vraiment l'égale de l'homme le jour où, à un poste important, on désignerait une femme incompétente. » Eh bien, réjouissons-nous, Manon, parce que ce jour est arrivé et la prédiction de Françoise Giroud montre que l'évolution concernant la condition féminine va vraiment dans le bon sens ! Mais peut-être que notre spécialiste, Nathalie Loiseau, veut ajouter quelque chose…

« Euh… Non, ça va aller, là… »

Mme Thénardier habitait le Loiret

21 juin 2019

Mme Thénardier habitait le Loiret. Elle se prénommait Liliane et il semblerait, dites-moi si je me trompe, qu'il n'existe plus de Thénardier en France. Des gens qui ressemblent psychologiquement aux personnages de Victor Hugo, il s'en trouve beaucoup, mais des individus qui portent le patronyme de Thénardier, il semblerait, je répète le conditionnel, qu'il n'y en ait plus. On ose espérer parce qu'on ne veut que du bien à la mémoire de Liliane Thénardier, qui habitait le Loiret, qu'elle était une femme si sympathique, si charmante avec chacun, si aimante avec les siens, si douce, si délicate qu'elle en faisait oublier son affreux patronyme et que, pour son entourage, le nom de Thénardier était devenu synonyme de grâce, de gentillesse, de générosité.

Dans la Sarthe notamment, on pouvait rencontrer sur les chemins des Alpes mancelles une famille Quasimodo. Renée Quasimodo naquit en 1922 et décéda en 2008. Théodore Quasimodo vit le jour en 1894 et fut retiré à l'affection des siens en 1988.

On voudrait que ces Quasimodo aient été des bombes, des canons, des beautés fatales, des objets de séduction tels qu'ils n'eurent jamais à souffrir de leur patronyme à la connotation si chargée.

Il existe des Hyde, un peu partout dans le monde et notamment à Paris. Il se trouve des Jekyll, particulièrement à Castle Hedingham et dans le Middlesex.

Tolkien, en donnant au Seigneur du mal le nom de Sauron, ne s'embarrassa pas de scrupules vis-à-vis de tous ces Sauron que l'on trouve à foison, dans les Hauts-de-Seine, le Bas-Rhin, le Puy-de-Dôme, la Nièvre, la Haute-Loire, l'Isère, la Seine-Maritime et un peu partout en France…

Si je raconte tout ça, c'est pour tenter de consoler la famille Camborde qui habite le petit village de Lestelle-Bétharram. Dans son roman *Dans la douleur du siècle*, éditions In8, Gilles Vincent décrit un salaud qui aurait dénoncé une colonie d'enfants juifs pendant la guerre. Puisqu'il fallait bien donner un nom à son personnage, Gilles Vincent a choisi celui de Camborde, patronyme courant dans la région. Pour crédibiliser son histoire, l'auteur, avant de l'écrire, va sur les lieux de l'action et photographie les monuments aux morts. Il a choisi le nom de Camborde pour son personnage de salaud et les Camborde ne sont pas contents. « Il eût pu nommer son salaud Kevin Estrafiques, note justement son éditrice, mais cela eût fait rigoler la galerie, et un salaud qui fait rire parce qu'il est mal nommé n'est déjà plus que demi-salaud. »

Le mari de l'éditrice suggère que l'on réserve des patronymes de salauds à l'état civil, que tous les salauds des romans, ceux de Houellebecq comme ceux de Modiano, portent le même nom… Mais ce serait la fin du suspense, la mort du roman policier, puisqu'on saurait dès le début le nom de l'ordure qui a fait le coup !

Je pense qu'il faut que le vrai M. Camborde de la vraie vie ait la certitude que chaque lecteur saura faire la différencc entre lui et le personnage du roman, qu'on n'aura jamais l'idée de penser qu'il a dénoncé la colonie d'enfants juifs qui d'ailleurs n'eut aucune existence à Lestelle-Bétharram.

Je parlais de cette histoire à ma voisine, une certaine Mme Bovary, qui est très heureuse en ménage, et qui, entre ses activités professionnelles et conjugales, n'a jamais le temps de s'ennuyer.

Bonnes ondes

28 juin 2019

(De façon navrante, le chroniqueur tente de jouer le « Boléro » sur son mélodica...)

Cette semaine, étant donné que c'est la dernière chronique de la saison, j'aime autant prévenir, je n'ai pas trop travaillé.

Alors, j'ai apporté mon mélodica. Pour faire un peu de musique. Enfin, ce n'est pas encore tout à fait de la musique. Je suis en formation musicale.

Mais quand on dit que la musique adoucit les mœurs, c'est faux. Depuis que je me suis mis au mélodica, on n'arrête pas de s'engueuler, avec ma femme.

Elle trouve que je joue trop fort. Elle est d'une mauvaise foi hallucinante. C'est pas le fait que je joue fort qui est gênant, c'est le fait que je joue faux. Seulement ça, personne n'a le courage de le dire à cette époque du politiquement correct où les notions d'apprentissage et de transmission sont mises en avant.

Je lui ai dit, à ma femme : « Tu ne te rends pas compte de ton intolérance ! Si Ravel avait dû essuyer les mêmes critiques que moi, il n'aurait jamais pu écrire son *Boléro*. »

Le boléro que je joue, ce n'est pas tout à fait le *Boléro* de Ravel. C'est un boléro d'après Ravel. C'est un arrangement.

Sinon, l'ambiance est bonne à France Inter. Je suis allé voir Laurence Bloch dans son bureau la semaine dernière, elle m'a offert une gourde, je ne sais pas comment je dois le prendre…

Dès septembre, on sera au taquet. On va essayer de faire encore de meilleurs scores pour rester la première radio de France et ainsi rendre encore plus dur le plan social qui s'annonce. Le ministre de la Culture a expliqué que c'est parce que tout allait bien à Radio France qu'il fallait changer, et notamment sabrer le budget. C'est pas bête. Je me demande si on n'aurait pas dû essayer d'être un peu plus médiocres afin de garder tous les effectifs…

C'est ma dernière chronique de la saison. On ne peut pas être trop exigeant. L'année est faite… On a déjà la tête ailleurs, sur les plages, ou vers la perspective de l'année prochaine.

Tout à l'heure, Augustin va présenter « Boomerang ». Il est comme moi, il est venu un petit peu les mains dans les poches, il n'a pas trop préparé de questions non plus, il espère que l'invité sera sympa, il est venu avec un Monopoly. Sonia, c'est pareil, elle a apporté des petits chevaux et un Mille bornes…

L'année prochaine, moi, si je suis au point, je ferai toutes mes chroniques au mélodica. J'ai toutes les vacances pour répéter…

À propos de vacances, vous savez qu'Hervé Pauchon s'en va ? On l'embrasse parce qu'on l'aimait bien et qu'on espère retrouver ailleurs sa délicatesse, son empathie, son absence de cynisme, sa manière discrète et souriante d'envoyer de bonnes ondes…

Qu'est-ce qu'il y a de mieux à faire à la radio que tenter d'envoyer des bonnes ondes ?

Déjà finie mon intervention ? Dommage. Je n'ai encore rien dit.

ATTENTION ! ...
J'AI PAS TOUT DIT...
LOIN S'EN FAUT !
BOUCQ

Table des matières

Chroniques 2017-2018

CHRONIQUES INÉDITES

CHRONIQUES 2018-2019

Composition et mise en pages
Nord Compo à Villeneuve-d'Ascq

Imprimé en France par

MAURY IMPRIMEUR
à Malesherbes (Loiret)
en août 2020

Pocket - 92 avenue de France, 75013 PARIS

N° d'impression : 247690
S31289/01